Bring Me the Sunset in a Cup

將夕陽載在杯中給我。

陳詠異鄉生死七記

陳詠 著

文集目次

墓園回首

從來不曾想到過，墓園居然
可以正是一個向死亡誇勝的地方。

有兩件事是以前不曾預料的。第一，有一天我不只不怕接近墓園，而且還在其中度起假來；第二，有一天看見假花不只不生厭惡，反而有種知遇感。

丈夫去世後第二個美國國殤日，清早起來，忽然心生念頭，何不也隨眾放假一天！這念頭陌生，疑是魔鬼的耳語要引誘我作惡，下意識立刻呼名喚姓的叱喝道：「撒但，退我後邊去吧！」因為對我而言，蓄意浪費足足一天的光陰，可以列為第三件不可思議之事。

正如我常標榜的，我是臥薪嘗膽學堂出身的人，又住在臥薪嘗膽的人中。物以類聚，一輩子似乎不曾有過一個懶惰的親戚或是朋友。我的同仁人人分秒必爭，以快板數算時刻、數算日子。

數算日子成性的人有個痛點，就是不能忍受耕耘與收穫不成比例、徒勞無功的挫折。比如我自己，有時自問很用功，目不斜視正襟危坐不呼不吸，一天下來，竟沒爬出一張覺得還可以見人的字紙來，收工時就難免灰頭土面沒精打采了。

這年多以來，每逢遇上如此時段，我便會起意到墓園去。那墓園真是個好去處，位於一個明朗的小山坡上，一片安詳，靜而不寂。坡下兩所大學之間的交通要道、車來車往人氣鼎盛。園內偶爾一兩健跑人物、遛狗人物、或是抄捷徑的一輛半輛車子穿過。一年下來，午後下班的時間，較常見的是一輛小紅車，前門進來後門出去，猜是家住園子的另一端，因為園子後門開向三兩小街，是個尋常百姓的住宅區，家園樸素而不失整齊，看著也覺安舒。

我每回車子開到園中都停在同一樹蔭之下。下車第一件事就是戴上太陽眼鏡和草帽，然後提著個小紅膠桶，桶內一把小掃、一塊洗碗布、一瓶清水，往丈夫的墓地走去。有回遇上另一位省墓的女士迎面而來，朝我點頭微笑。來看爹爹嗎？她問。我搖搖頭不禁好笑。不是嗎？頭戴草帽面遮黑鏡手提小桶，這打扮、這道具、不正是沙灘小孩玩沙的德性嗎？真可亂人的眼目。

其實草帽之下是個陋習難改的囉嗦老妻。經驗告訴我，一星期未打理，墓碑頂上必有一印鳥糞，最奇最不解的是、那印飛禽圖章十有八九蓋在同一地方，像報到公文的下款某某鞠躬似的。這分明是個有意的挑釁，可恨明知是圈套，卻沒有一個資深主婦能夠抵擋不一頭栽入。我是一定上當的。每次一到步，非得先將鳥跡洗刷淨盡、將碑石還其閃亮，就不能心安理得的回到樹蔭下偷閒。

有次我們年輕的牧師上門探訪，我剛由墓園趕回。當我解釋行徑時，一眼瞧見牧師的表情，趕快安慰道，不要擔心，我不是出了問題，不是生死混淆，我絕對知道老伴不在那兒、已經與主同在了，我去純是為自己不是為他。我去是因為我發現，腦筋混沌、需要呼吸點新鮮空氣的時候，沒有比到墓園去靜坐一會更能滋養身心。這幾乎成了我的一種開小差方式。我得時常告誡自己，不能去得太多浪費光陰，老大不努力，寫來寫去只得一頁，書工未了身先死，死後徒傷悲，後悔莫及。要數算日子。

一星期去待一個小時，還講得過，但若肆無忌憚的去留連一整天，除非理由十足，不然自己不讓天理不容。可幸有志者事竟成，十足的理由一呼即到。

小城風光

大學時代曾經讀過一本叫《小城風光》（*Our Town*）的美國劇本，以小鎮小民的平淡人生、生死滄桑為主題。這本無甚劇情亦無布景的劇本，經我們的好老師一朗誦，我們頓都被生死的惆悵感染得鴉雀無聲，雖然那時大家還不知生，更不知死為何物。我最近常想起這本書，好奇不知由人生隧道另一端回顧這番劇情是何感受，於是便到圖書館去把書借了回來。只是書借回來擱在那兒已經快到期了，還一直未找到天時地利人和的吉日去重讀。靈機一動，國殤日放假讀書還有甚麼更堂皇的理由？

如此這般便批准了自己放假一天，於是打開冰箱切了盒水果，包了個三明治，夾著《小城風光》便到墓園去了。

到了墓地一看，頗為意外，遍園疏疏落落的到處插著餐絹大小的美國國旗，紅白藍、星星條條迎著微風輕飄。之前從不知道，原來美國國殤日墓地裡有如此景觀。

這個墓園我自以為早已耳熟能詳，因為替丈夫立石之初，曾經繞園一週參觀過無數的墓碑，意在借鏡、取長捨短。最後看上的一塊碑石，黑色，字體簡單明瞭，名字下面還有個小小空軍的徽號。我約好了碑石師傅在墓園相見。海外學人，我指給師傅看，我決定學他，我們的碑石不論大小、顏色、字體就仿照那位空軍先生的模樣就是。因此，我確知同園有位空軍，卻從沒覺察，原來除他之外還有好幾十個其他戰士安息於此。

繞過墓園大道，轉彎處見有橫牌解釋，國旗係由「國外戰役退伍軍人」所提供插放。換言之，在這國殤紀念日，殘存戰友記念已故戰友。這不簡單，因為我後來查知，這個組織的成員多屬二次大戰的退伍軍人，人數已與年俱減日漸凋零，年復一年的插旗之舉，後繼無人，已瀕臨終點。

我車子停好，照例提桶前往自家的墓地去，將碑石洗刷完畢，踏著飄旗回到樹蔭下車子裡，放好個靠枕，便將《小城風光》拿過來預備讀書。可是今日不同往日，平常所沒有的家屬訪客，今日雖也不算多，卻是在墓園裡此起彼落繹絡不絕。有人可看，看書就不易集中。

其實《小城風光》的劇情我仍記得相當清楚，劇分三幕——「平常日子」、「戀愛婚姻」和「墓園」。

最後「墓園」一幕，舞台上三行排列等距的板凳，代表墓穴。板凳上坐著十來個前兩幕大家已經熟悉了的人物，人物至此已逝。已故之人變成了人間冷靜的旁觀者，雙目向前直視、聲音平平，表示已經超越了汲汲人生、不再感應人間的喜怒哀樂。

前排板凳正中央的一張椅子空著，預備承接因產難去世的艾美莉。前一幕，九年前，艾美莉出嫁的情景還歷歷在目；最後一幕，九年後，艾美莉的葬禮，艾美莉終於就座，填上了台上的空位。落幕之前，當艾美莉的丈夫仆倒在妻子腳前（亦即墳前）的時候，板凳上他已故的妻子和他已故的母親婆媳倆，正襟危坐目不斜視平靜的對答：

「葛白斯媽媽，」媳婦喊。

「艾美莉，甚麼事？」婆婆問。

「他們都不明白，是不是？」媳婦。

「是的，」婆婆答。「親愛的，他們都不明白。」

劇本不長，可是因為一天之中人來人往，好些訪客不時引起我的好奇和猜測，閒事管多了便不易集中，短短三幕劇，竟也看了個大半天方完。重讀劇本，不再是當年課堂裡的白紙黑字。今日，人物布景書裡書外台上台下不再分彼此，欲讀還休。

有次抬頭，遠遠看見一個年輕的母親、拖著個五、六歲的女兒。母親默默的停在一座墓前；女兒蹲下，像玩家家酒似的將手上的小花束一朵一朵的分插在土中，不時得意的抬頭，像是要討母親的稱讚。

母女離去不久，來了個老翁，一手扶著拐杖一手提著個照相機，行行歇歇的走近我停車的樹旁，將拐杖擱在樹邊，然後震危危的走到一個墓前，提起相機吃力的上下移動著，似乎一意要將碑石與國旗一同攏布入鏡。拍照完畢，慢踏原路回收拐杖然後徐徐離去。我明白，老人預期明年還能有人前來插旗沒有很難說；即使有，自己也不見得還能再來，好歹留個紀念。

遠處依稀傳來聲聲慢的軍號聲，溫柔中帶著幾分蒼涼，料是有個紀念儀式正在進行。熄燈號是美國國葬並紀念陣亡戰士的號音，傳遞著平安的訊息——日已西沉，一切都好，安息吧。

我闔上書本決定加入訪客行列，特別巡禮一遍有國旗標誌的軍墓。

每個軍墓墓碑原來都註明死者曾參與的戰別。我發現年輕母女拜訪的是一個新墓，死者陣亡於伊拉克戰爭。越戰戰士亦不少。老人拍照的碑石則屬二次大戰，不知是戰友還是兄弟親人。全園以二次大戰的軍墓佔大多數。最令我覺得意外的是，在這個看似歷史還不算長的墓園裡，居然也有零零星星的第一次大戰的遺墓穿插其中，細看原來都是些長壽老翁日子滿足而終，因此有幸擠身於下代領土中。

蘋果樹下

夫墓位於墓園的新區，大約因為家人大多仍然健在，所以記念有人，碑碑墓墓，鮮花殘花，膠花絲花，今日再加上國旗，繽紛之至。個別墓位往往更為別出心裁，花之外還有別的裝飾，小孩子墓上有狗熊風車之類，一個小伙子墓前有個金屬小座、座上托著個高爾夫球，還有一墓，墓前爬著一只陶製烏龜。其妙何在或美或醜人同此心心同此情，因著共鳴我學會了柔和謙恭與欣賞。

丈夫墓碑前也有一些應節的顏色，藍藍紫紫粉黃粉紅。好幾個月前，丈夫逝世週年的那天，當我車子開來的時候，老遠瞄見碑前有花，大惑不解。心想我家這呆人，生前吃錯了餐，莫非如今又拿錯了花？丈夫的慣性糊塗是同事間出了名的。有次他們同仁在酒店開會，他走錯了別校的餐會，吃了大半天都沒發覺，後來一位同事門外經過，一眼瞧見了他，趕快闖入好像天使拉羅得一般的才將懵懂人救了出來。

所以拿錯花束也是個合乎常情的可能。走近細看，花束美麗異常，剛剛下了冰雨，幾朵鬱金香上還結著晶瑩的雨珠，嚴冬中的春意格外動人。我摸摸水珠翻翻花瓣，這才發覺原來花非花珠非雨，驚嘆今日的絲花如何唯妙唯肖到此地步？結花的金緞帶下面壓著一個也是金色的心形小牌子，原來花確是自己的，是與我們並肩多年的主內手足所送來。

高質的絲花就這個好處，唯妙唯肖不只，日曬雨淋冬去春來春來春盡，居然仍舊光鮮，在國殤日旗旗花花招展之下湊上一角毫不遜色。

行行重行行，我發現美國的墓園，除軍人墓碑註明戰役以及海陸空的軍別，因而還能稍知死者生前之一、二之外，其他絕大多數的墓銘都簡捷了當，一律只刻姓名及生卒年日而已。偶爾也有一兩句懷念的話，之外，甚少文章，這同我在華人聚居的大埠見識過的大不相同。我曾見過洋洋灑灑、字跡長度均可與〈蘭亭序〉比美的華人碑文死者行傳。在這大學小城此時此地今日所見，有額外文字的碑石少之又少。刻有額外文字的碑石，走近細看，大多都是聖經章節。我所看到最長的兩句，其一是：

所以，我們不喪膽。外體雖然毀壞，內心卻一天新似一天。……所見的是暫時的，所不見的是永遠的。

其二就在老人拍照的軍墓附近，碑上刻錄的名句出自哥林多前書，教我馬上想起了丈夫病中，曾上門探訪的一位以前丈夫曾經教過的華裔青年。這位如今已經執業的醫師，一手拖著小兒子一手提著盒月餅前來慰問。臨走之前他就是用這段經文幫老師打氣：

神愛世人，甚至將他的獨生子賜給他們，叫一切信他的，不致滅亡，反得永生。

醫師夫婦倆都曾是我們學生團契的契友，雙方的家長我們全認識。最近聽說醫師的母親生日，兒子回家祝賀。

「媽啊，」他母親學給我們聽，美國兒子模仿得唯妙唯肖。

「恭喜你啊，同主耶穌又接近一年囉！」我們哄堂大笑。

只是走過了多年疾病死蔭的幽谷，讓我最為意外的發現居然正是，原來啼與笑、苦與樂往往可以是同一回事。啼笑皆宜，這是另一種恩典另一種神蹟。

別的暫且不表，墓地的揀選就是一例。

丈夫病中，有好友夫婦倆不時來陪伴。有一天，當我送客送到門外走廊的時候，大家還嘻嘻哈哈意猶未盡的談著天，朋友不著痕跡的提起，說是有個好消息，找到了一個bargain（特價商品）。原來有位台灣來的太太云云，最近發現所住區的墓園，市民光顧，一客地只要幾百元，非市民亦不過加倍，大約是比起寸金尺土的台灣吧，認為這簡直就是贈送。這位太太興奮之餘有意一口氣置買下全家福，雖然她的孩子都還沒進中學，而且先生亦非華人。這太太並且逢人都分享這廉地的福音。朋友說，他們有興趣也去看看，問我要不要同他們一道去開開眼界？我們雖都哈哈大笑，但是我心裡明白，朋友二人龍精虎猛老當益壯、無端沒有忽然這樣大吉利士的道理。其實我所需要的早已不是暗示了，之所以裹足不前不肯計畫不是因為後知後覺，而是缺乏面對的勇氣。勇氣我沒有，但是懦婦素有懦福，時至今日我已被嬌慣到耳聰目明，隨時可以一耳或一眼便認出了外星派來的提多。提多者，保羅內憂外患奄奄一息的時候，乘著直升救護機從天而降，替他進行人工呼吸者是也。

當晚，這位台灣太太的故事，加上我想像中她的洋人丈夫拍案驚奇的反應，便順理成章的成了我茶餘飯後娛樂病人的好戲。我說：「我也跟去看看好不好？」不料，丈夫喘笑完畢卻一本正經的說：「但是我們住在此地為甚麼要跑到鄰城去埋葬呢？」我倒沒想過這個邏輯。我說：「房地產人員的口號是地點地點地點嘛，中國飯館就在旁邊！」但朋友夫婦聽了丈夫的疑問卻說有道理，我們且先去看看本城的設備再說。

本城墓園，我同朋友二人一進閘門，撲目而來，烈日之下無樹無蔭，墓石層層疊疊一望無涯，真正是千里孤墳無處話淒涼，更不堪想像明月夜，實不忍多看一眼。我跟朋友說，哪一天你們到鄰城那邊去，看準任何地點，就替我們買下兩份就是了，我也不必過目了。

就這樣，丈夫安葬之日，安息禮拜完畢，車隊繞過近在咫尺的本城墓園，違反邏輯的過其門而不入，卻恰巧繞過丈夫服務了三十五年的校園的外圍，徐徐駛向朋友為我們落定之所。雖然亦不過幾里之遙，總是多了幾步，沿途迎面而來的交通，依本州民風，車車輛輛全部停下以示誌哀，直等到送葬隊伍過去了為止。動作雖小，卻有基列乳香撫傷的效用。

就這樣，我今天才可以憩息在小山坡樹蔭之下一面看《小城風光》，一面參觀國殤日別人記念戰友的景緻。這青蔥寧靜的地方，實在是記念戰友一個最是自然貼心的環境。原來記念戰友溫習戰事是可以使人振奮、返老還童的，怪不得老人都愛談當年勇，都不惜震危著腳步來為戰友插旗、拍照。

我的戰友，不只是完成了馬拉松長跑經已衝刺的丈夫，也是沿途的啦啦隊、供應茶水提供救護的提多。每逢想昨日，思沿途，實在恩感滿溢，對天父、對死者、對活人。

在美國國殤日的飄旗中，我們墓碑上的旗幟最鮮亮，是坐在良人蔭下，嚐著蘋果滋味的女子所誇的旗幟：

「他帶我入筵宴所，以愛為旗在我以上。」

旗上凝著血紅的十字架。靠在自己的碑石上極目四望，比美國國旗普遍何止百倍的原來是十字架。從來不曾想到過，墓園居然可以正是一個向死亡誇勝的地方。十字架，或生、或死，這是一個怎麼樣的奧祕？

八千里路雲和月

杜斯妥也夫斯基說過這樣一句話：「世事若都合理，甚麼事也不會發生。」我看也可以這麼說：「世事若都能預知，即使發生也不成故事。」沒有故事還有甚麼人生可言？

杜斯妥也夫斯基說過這樣一句話：「世事若都合理，甚麼事也不會發生。」我看也可以這麼說：「世事若都能預知，即使發生也不成故事。」沒有故事還有甚麼人生可言？

沒有意外，凡事自此至終一目了然。換言之，人生沒有分期付款這回事，不是一日三餐，一星期二十一餐，甜酸苦辣難料；而是一桌西式自助餐（buffet），碟碟菜情大白，一二三四次序標明，叫你逐日順序去吃。姑且假設，擺在盡頭最後的大餐老早便看得清清楚楚，是個拼盤——魚與熊掌。老實說，本人雖然好吃，目前尚未饞到或是勇敢到一個地步，能夠興高采烈地期待這最後一道山珍海味的來臨。事實上反倒因為有預見之明而我可以肯定的告訴你，在布非進程之中，但凡遇到魚與熊掌這道菜，睹菜思末日，反而必定分外倒胃口。懦夫，預嚐千歲之憂。貪生，沒有辦法。

美國犯人，死刑前夕給予一項歡送優待，就是容許受刑人隨心所欲點吃最後的晚餐。不久前聽到報導，有位犯人最後晚餐點就之後，不料接到緩刑消息。其人第一個反應居然不是為九死一生而雀躍，而是追問：「那我還可以不可以吃我最後的晚餐？」如此胃口我自嘆望塵莫及。

沒有奧祕，沒有時空鐵幕的遮掩，沒有逐日難料的菜單，只有一目了然的buffet，真不能想像這是一個怎麼樣的人生、怎麼樣的世界。就我所知，有一人有過這樣的經驗，就是猶太史上的希西家王。此人同生命的主宰討價還價，拿到十五年寬限。自此這位本來臨危不亂敬虔智慧的領袖，大限越近操行越差不說，最後還留下一個禍國殃民年僅十二的小王帝。

可以想像，希西家晚年得子，樂極之餘怎能不生悲？來日無多，銅壺滴漏怵目驚心，對未來的小遺孤怎能不痛惜有加。又可以想像，到兒子被驕縱到無可收拾的時候，為父者剩餘的智慧應還夠讓他擔心，此子有日難免落得個敗家敗國的下場。但是自己年日已盡自身都不保，請問還能怎麼樣？乾脆今日有酒今日醉，展覽展覽仍然在握的富貴榮華吧，身後事誰管得了？無論如何，我並不怪希西家糊塗，晚節不保，怪他沒有常識，沒有自知之明，苦求延長日子，果然拿到個十五年整數。焉知這是等同預知自己的死期，這顆禁果，他吃得了嗎？塞翁得馬，他騎得了嗎？

本人有常識有自知之明，不敢求預知之明，因為我很清楚，以我現有之胃現有之軀，我承受不住人生一桌一目了然的 buffet。因為若是我的眼目明亮能知事如神，筵席臨近尾聲，陣腳必亂，說不定比希西家更差。即使有日練就一身坐懷不亂、悲喜生死不為所動之功，可是萬事預知，沒有故事沒有戲看的日子不是等同嚼蠟？以蠟為糧能活嗎？

一屋聰明人

幸好世事並非如此，時空透視之明這把足以致命的利劍，沒有交在你我血肉之軀的手中。幸好，即使是最聰明的人還是永遠有所不知。你就不能告訴我明天將生何事。我買好了機票託好你替我澆花也不見得明兒我準就凌空而去。

一晃已是十來年前的事了，我們果然老早訂好了機票要到新奧爾良去，沒料起程之前，丈夫一位科裡前任上司、後來升任了全校要職的同事，心臟病突發猝逝。死者是全校舉足輕重的行政要員，追思禮拜在大學教堂舉行，生榮死哀，到會者可以預期肯定濟濟一堂，來賓多一個少一個實在無關重要，但丈夫懷念彼此共事一番，堅持留步出席，於是我們新奧爾良之行就這樣臨時取消了。

又，於此不幸事件發生的半年之前，我始終不知道是甚麼原因，驅使丈夫任教的醫學院科系突然選擇於此時提出要給丈夫舉行一個特殊的晚會，新舊同事新生舊生聚首一堂致謝他半生鞠躬盡瘁獻身醫學教育。服務本校其時已三十多年，鞠躬盡瘁不錯，然而那既非三十亦非卅五整數，也非退休前夕，猜不出是甚麼促使科裡不遲不早突起此意。

無論如何，是晚的宴會就這樣舉行了，而上述猝逝的前任上司亦出席了。這位扶搖直上的人物，當時剛又接受了賓大之聘，下學年就要到費城去當更重要之職。本校人才被賓大搶走，當晚演講的現任主任便忍不住借題幽這老同事一默，笑他居然放棄一個地美人娛、四季明媚的地方，跑到「連夏天都落雪的費城」，實在不可思議！

全堂哄笑時，被嘲的仁兄查理，興頭更盛了，轉過頭來跟我說，到了賓大，要邀丈夫回母校當客座教授。此後我便咕咚咚的敲著腹鼓，想望回到當年「沂京」費城時如何招朋喚友歡樂一番。豈料這位英雄自身不保，還未出師便身先死。喪鐘傳來，為他惋惜，不曾領悟鐘聲所敲出的警句，「莫問喪鐘為誰而鳴，是為你。」

誠然，這是後事。

慶幸當時不知，不然白白糟蹋了一席魚與熊掌，豈不暴殄天賜？

如今回顧起來，這一切好像在看莎士比亞的戲劇。古時舞台大，台上人物不時偷聽私語，層層疊疊戲中有戲。有齣莎劇，兩個角色同時偷聽別人的對話，同一件事對三組不同的人有五個不同的意義。因為每人對當前事態的領悟各有角度各有限度，據各都在對著自己的鏡子觀看而已，花花霧霧模糊不清。編劇的用意本是如此。

其後，當丈夫病殘癱瘓在護理病院中，當晚主持大宴的科主任前來探望，離去時我伴他穿過曲折廊道慢步走回停車場時，他心中難過黯然無語，那時我自己已身經好幾戰役，兵資已較深，已比較冷靜；換言之，一般來說已經越過了主任目前那一瞥驚鴻，驚見老同事今昔反差的震撼。

「你知道，」我試著打破沉寂，也是抓著機會表示我心中積藏已久的感謝：「當日你給瞻明開的那個宴會，每逢想起，我的詫異都幾乎近於敬畏。時間怎麼可能這樣不遲不早恰到好處？回顧起來，那是最後的一剎那了，我們大家對行將降臨的一切全然無知無覺，一個晚上大家盡情歡樂不帶一絲陰影……」

半年之後，查理逝世，繼而丈夫開始發病。

一屋聰明人，百分之百的無知。

好話好話

「致敬晚會，」除了日子公開外，一切細節，循美國人慣例，好比一般生日之類的喜慶，都是瞞著主角在幕後暗中的計劃，是為驚喜，surprise。想來有趣，surprise其實不正是被造的人對創造的神一個小小的模仿嗎？當局者懵懵然不讓預知劇本，福也不測禍也不測，生之耐人尋味不就在此？悲悲喜喜，獨奏合奏協奏，餘音穿梭縈迴不絕如縷。尋聲暗問彈者誰？

先是收到科主任打來的電話，說是要約本人同他吃一頓午飯，因為不少有關丈夫的資料需要由我來提供，同時向我要一些丈夫平生的照片以備晚會中講古之用。

這位主任跟我不算陌生，雖然沒甚麼私交，但多年來每逢科中餐宴碰面時，都幾乎歸我獨角與他周旋，因為我那好丈夫出席此類場合，一向都只是站在旁邊手執玻璃杯面帶蒙娜麗莎的微笑，一言不發。回到家中，我雖屢次抗議他不能這樣將我推到前線自生自滅，講來講去依然故我，無奈他何。幾十年後，抗議已由當初的機關槍，漸漸退化成最後三兩槍連麻雀都打不下來的過時子彈；但是可真奇怪，心仍不死，每次赴會的時候明知無效仍然有一砲沒一砲的轟他。有時連自己都詫異，怎麼這樣蠢？嘴巴的電池又怎可能這樣足？連自己都嘆為觀止。

無論如何，時勢出英雄，年復一年我與主任的對答寒暄終於漸上軌道，最後甚至還可稱得上有了默契，因為二人找到了共同語言。主任跟丈夫一樣，都是見食眼大，又可恨都是家有衛生部長執行臥薪嘗膽的可憐人。提到丈夫的午餐，他著名的冰凍三明治時，我跟主任說，你需知，我的婚約只說無論順境逆境，富貴貧賤，疾病健康，沒說午餐啊。

主任說，自己休假在家的時候，三餐待哺，太太不勝其煩，提出嚴厲警告，千萬不能隨便退休，何時起意，首先得擬出一個退休計畫呈上，要她批准了才可以行動。主任與我，如此一問一答，便漸漸搭配成兩個雙簧丑角，不再擔心冷場。

有次丈夫剛做完手術，身體尚軟弱卻勉力前去參加一位老同事的退休晚會。主任一見丈夫入席，便哈哈笑道：

「你知道為甚麼瞻明陳走都還走不穩就來參加餐會嗎？他餓啊！他在家裡沒得吃啊！」聲調表情之傳神，我笑得直不起腰來。

主任和我的對話不全是笑臉嘻皮，嚴肅的時候，他不時會向我一再的表示，他十分的敬佩瞻明，以認識他、有幸與他共事為榮。我的華人意識往往使我不知如何作答。美國妻子會說「謝謝。」我的條件反射則是連聲「哪裡哪裡，過獎過獎，」可幸來到嘴邊會吞回去，然後呢呢喃喃的說「好說好說，」也高明不了多少。

丈夫跟我，性格天南地北。結婚早年，我在學，他亦尚在受訓、正在奮力參加美國一關又一關的醫學考試。我考試，他若無其事不說，就是他自己衝鋒陷陣的前夕，亦是我禱告，他交託；我失眠，他打呼，真是令我又羨又嫉又生氣。他堅持不是一向都那麼麻木不仁的，以前的的確確曾經有過數日無眠的苦況云云。難以置信，但後來我漸漸不再興趣研究這些從未見證過的故事，乃因有一天，這位言語甚為寡少的人物坐在書桌前用功時，突然抬眼開口迸出了一句金句。

「這輩子最了不起的事，」說的是英語，像是自言自語又像是對空氣宣布：「就是娶了陳詠。」

我豎起耳朵，屏息等候下文，這樣值得鼓勵的思路不能打斷。無奈沒有下文，只此一句。但是我告訴你，本人虛榮，世上恐怕沒有甚麼東西比無意的馬屁更受我用。馬屁，請注意，重點在無意，能遮掩許多的罪。

總之，馬夫無心馬有意，這就是我們婚姻的故事。總之，牛也好，馬也好，我這輩子似乎是做定的了。後來而且還慢慢悟出，好歹我本來就是牛馬性格，負重是我的本能，汪汪喘氣忙來忙去亦我之專長，怪不得誰。牛馬還虧得有人騎，否則無重可負豈不失業，英雄何處用武？所以在一定意義上我們可以說是天作之合罷，換句話說，我們是兩枚巧合的寄生蟲。

無論如何，如上所說，我們二人的性格各據一極。一個忙著憂天，不失眠的時候就發惡夢；一個無夢無驚，天掉下來當鋪蓋。不過鋪蓋之下其人堅持，也是個有夢的人，但夢到甚麼從來說不清楚。除了一次，就是上述兩位新老闆上任之初。

當初正副兩位主任，也就是剛去世的前任上司和當前的主任二人，剛由耶魯攜手入職本校的時候，乃在科中一段風雨飄搖人心惶惶的日子之後。兩位新主任有那麼湊巧的，又都和我先生同屬一個專科，而我先生剛好又是這專科部門的主任。換言之，兩位新人是丈夫的老闆，但在日常教學和醫學作業上，他卻是兩位老闆的頂頭上司。這是件讓人提心吊膽的事。

某夜，丈夫素來平靜安穩、節奏均勻的鼾聲突然走調走拍，有窒息的氣勢。本人是惡夢專家，立刻斷定十之八九是遇到了凶險，趕快將他搖醒。果不其然，說是夢到自己躺在兩隻猛獸之間，正在小心翼翼的幫牠們剃鬍子。甚麼獸？老虎還是獅子？不清楚，無干，反正不需要先知但以理來解夢。

數十年後的今日，當我坐在科主任對面回答著他的問題時，丈夫的夢境重現，不禁莞爾。

五月花搬運公司

丈夫的故事從何說起呢？

「這樣好不好？」我問主任：

「我這信封裡的照片是排好了年代次序的，我們一面看一面隨便聊好嗎？」

丈夫沒有任何童年的照片。抗戰期間他寄居澳門姨母家，由姨父慷慨栽培送到培正中學去住讀。到初中完成，自覺姨母一家人口眾多不宜長久負累，便決心跟著回國投考大學的學長們，一同跋涉到重慶去投考食宿全免的國立中學。回國路途凶險，千山萬水，行囊衣物包括照片全部失散途中。

「這是他現存最早的照片了，」我遞給主任一張黑白泛黃的老照片。照片中人典型一介書生，文靜嚴肅，掛著一副金絲眼鏡。

「好年輕啊！」主任說。

「十五、六歲？」

「不止了，應該已經上了醫學院了！」

的。

我沒有解釋，因為有金絲眼鏡框為證。金絲框來自美援，是入了軍校之後才領到的。

其實如實以告亦無不可，亦非甚麼國恥。主任猶裔，雖不夠老不可能有過大戰的一手經驗，但是民族的苦難對他該不陌生。

「你知道為甚麼瞻明到如今還這樣開胃好吃嗎？」我說：「戰時沒吃飽啊！」

我沒說餓到患上癆病的地步。丈夫告訴我，戴眼鏡最吃虧的是搶不到飯，一到飯桶旁邊，眼鏡就被蒸氣蒸矇，到重見光明時飯桶已經空了。只是無論如何的艱苦，丈夫確知自己之能活命之能受教育之有今日還真是虧得國家之賜。

我告訴主任，瞻明投考三間醫學院，雖然全部錄取，但是入哪一間關鍵全在放榜的先後。瞻明家陷北平，國立中學一畢業便是無家可歸食住無著。結果軍醫學校頭一間放榜，馬上前往報到，即席剃了個光頭，從此有了個棲枝，亦就此註定了他的一生。

「但瞻明醫學院不是在台灣畢業的嗎？」主任摸不著頭腦。

「不錯，他是跟著學校到台灣去的。軍校嘛，跟著政府一齊撤退。」事實上日後回顧起來，丈夫一再認定，他之進入國防醫學院乃是大幸、乃是天父對一個還不認識他的孩子冥冥之中的眷顧。一步一生。

整間學校的遷徙對主任來說是新聞一宗，趣味盎然，腦海大約浮著洋洋大觀一隊隊五月花搬運公司的車隊。我說，軍校整校撤退不希奇，抗戰期間多間大學都是如此集體遷徙，學生們都一樣的夾在難民人流中翻山越嶺日行暮宿的逃亡。

「為著支援抗戰，」我說。

「學生們還不時演抗日話劇募捐呢。瞻明也是劇社一員，可惜沒有劇照留下。」

瞻明的老照片，太過面黃肌瘦，一身敗絮其中、棉衣軍服的我沒有拿去給主任，避重就輕，只奉上較為威風、猛一看人人都還過得去、諸如足球球隊集體照之類。我也沒有洩露，這些軍醫學生們三更半夜結伴上山撿拾棄屍回來解剖。國難，草菅人命，棄屍不希奇。聽說明月夜，怕轟炸，有月而不明僅能辨步之夜算是最理想：僵屍一具，活人一個扛頭一個抬腳，每走一步，死人的頭顱便往前頭同學的屁股撞一下。

「那時你在哪裡？」主任忽然靈機一動，極有興趣的打量著手中的老照片，甚至那張足球照片。

「老天，卡爾，」我說。

「我在哪裡？我有多老啊？」

「是的，sorry，我忘記了你們是在賓大才認識的，這時你還沒出生！」

聰明人也有不值得回答的時候。

「難以想像吧？」我繼續著。

「韓戰期間，瞻明幾乎上了前線！志願參加救傷，馬上就要出發了，美國老大哥臨時制止不許台灣參與！」

也好笑，一副眼鏡一條命居然都虧得美援。

「好傳奇的一生，」主任說：

「瞻明今日的成就來路可真不易啊！」他嘆道。

「你知道，他不只是我們科中最優秀的老師，說他是全校有史以來最傑出的教授之一我認為亦不為過！有位校友跟我說，瞻明陳應被列為國寶！

「不久前我們一個住院醫師去考試，心臟科的口試對答如流，考官拍案叫絕之餘，說道：

「『我本不該問的，但你到底怎麼可能這樣棒？』

「我們那住院醫師一提：『瞻明陳……』，考官馬上說：『懂了！』」

這樣的說話，老實說，直到今日我仍然難以明瞭。年復一年雖然耳聞目睹人證物證，因為每次跟醫院各科人士接觸，諸如宴會上或是我自己去看病時，幾乎都有學生或同事向我表示對瞻明的敬佩。說他斷症如何如何，這我還能想像，因為他在診斷方面發現了不少個愛克司光現象，是多個學會的會士，還上了《世界名人錄》來著。他出版的心臟教科書，請我經手為他修改英文，我甚為意外的發現，居然沒甚麼可輯可改的。凡此種種，我已經意識到天父實在恩待他，這一個瓦器在窯匠手中早被加工到我已經認不出來了。不只我認不出來，連他自己也摸不著頭腦，這野地裡的百合花究竟是怎麼長起來的？只是另一方面，我每天的一手經驗告訴我，愚夫還是愚夫，就算他診斷方面如何如何，然而不講話的人真的可以教書？這就完全匪夷所思了。

記得我們剛來此地時，丈夫教學頭一次接受讚揚的時候他回來報告，我聽著雖然高興但沒有辦法不半信半疑。那時我們結婚才兩年，還摸不清彼此的言語。婚前我們每次行經費城一座高樓時，其人總愛瀟灑一句說：「那是我的銀行！」雖然彼此都清楚他一共不到百元在裡面。我斷定這傢伙樂天，但說話是不是得打些折扣？

「看，」他似乎猜得出我的心思，得意的遞給我一張紙。「有信為證，」他說。原來他被稱讚的時候，居然請求出言嘉獎的人寫下語錄，以便他可以拿回家給太太看。如此沉默寡言無爭無求的人居然有此愚勇，令我啼笑皆非，嚇得我從此不敢再懷疑他。

「瞻明好像沒有甚麼本校的照片，」主任繼續翻看。「可惜，我們的活動怎麼從來沒拍照？瞻明前後八次接受各種獎項居然都不曾拍下絲毫的紀錄？」

「沒有，除了這一張，」我說。

「這是校友會頒給特獎的一次，那是唯一一次有攝影師在場，後來給我們寄來了這一張。」

上大人孔乙己

「致敬晚會」，除了同事學生校友等必然人物外，我們私人的親朋亦來了不少，乃因主任數月前已通知，晚會不同尋常，叮囑我邀請親朋出席。不好意思追問詳細，但親人天各一方，此非紅白大事，如此場合到底好不好驚動大家勞師遠征呢？這是我的難題。幸而我家姊妹素來偏心我夫，號召發出，全體響應，連遠在澳洲的妹妹也來了。

是夜餐宴，被安排和我們夫婦同坐首席的人中，包括了我的姊妹並我們美國教會的牧師和師母。主任一向知道我倆是基督徒，多年來每週末中國留學生團契在我家聚會並打乒乓球。我將牧師介紹和主任握手時，這位猶裔上司竟然尊敬有加，即席恭請牧師為餐宴謝飯祝禱。

餐畢，正式節目主要是主任看圖講古述說瞻明的行狀。這等差使，主任最是天才，甚麼故事不論輕鬆嚴肅，有圖無圖，他都可以講得生蹦活跳。

「……早上七時不到，冰天雪地，」他說：

「我經過學院路，但見右邊大學森林的樹上，掛著一部稀泥巴爛的車子。一看，不得了，不正是瞻明陳的新車嗎？趕快停下跑過去看看。好幾個人圍著，也有醫院的人，只是不見瞻明陳本人。有人說，瞻明陳到急診室去了！

「我飛快趕到急診室，預期瞻明陳必定斷臂斷腿血肉模糊躺在急救台上。不料門一打開，但見其人戴著一副莫名其妙的黑眼鏡，全神貫注，正在幫住院醫師審核一夜的片子，若無其事照常值他的早班！」

不錯，是次駭人目睹的車禍，主角自己只斷裂了一兩根肋骨，實為神蹟。待癒期間，我被禁講禁笑，因為丈夫一笑就得火急抱著肋骨，以免觸痛驚動以至影響骨頭的癒合。如是而已。後來連失去的正式眼鏡都讓拖車的老頭在破爛中給撿回來了。

主任講古完畢，輪到數位歷屆住院醫師代表上台致意。美國近年的趨勢，愛讀書的，女生多於男生，最優秀的且往往是亞裔子弟。代表舊生的是位華裔女醫師，由紐約下來。在學時期，這女孩已是科中學員中的佼佼者：大學畢業，羅德斯獎學牛津，雙重博士學位畢業醫科，受訓之時是領班總醫師，如今年紀輕輕就教於紐約，已經赫有名聲。只是華裔精英，甚麼都懂就是中文不靈。所以當她講了幾句有關古老中國尊師重道的傳統，又摻雜了幾句四音不全的華語，我伸長脖子探聽是怎麼回事，但見她舉起一面鏡框，說是她叔叔從華埠代為訂製、作為舊生們對教授的致敬。鏡框金色，紅紙上面四個黑色毛筆大字，「萬世師表」，嚇我一跳，心想，這一框字是不太沉重了，掛不得的啊，得租個保險箱把它收藏起來。回頭望望「孔夫子」自己，心無二意，笑口盈盈上前握手領框，同除夕晚會摸到彩沒有甚麼兩樣，回座後照例將手中物一手塞給我了事。這人姓孔，一點不錯，筆劃稀少讓小孩子描紅的上大人孔乙己的孔，真有點妒嫉他。

華裔醫師下來後，上去了兩位在學的受訓醫師，一女一男。女醫師代表歷年全體新舊同學朗誦了一首鑲在鏡框中的集體創作。

「詩題是『謝謝陳醫師』」，她拿著鏡框唸道：

此詩是一首禮讚
獻給一位人人尊敬的人。
這人沉靜溫文
是他專業上的先鋒。

三十年忠心耿耿……，
無限的耐心，
從不提高嗓門，
向這位敬虔謙卑的天才老師
我們的感謝頌唱不完。

平平無奇一影片，
唯陳醫師能一眼識破
血管陣容
所透露的乾坤。

莫看他身材纖纖，
他卻是我們的巨人。
我們之能遠眺
全賴他將我們扛在肩上。
謝謝你，陳醫師。

詩畢由男代表致送老教授手錶一只。

餐會高潮，主任宣布，科中的會議廳將命名為瞻明陳會議廳，由某城某畫家繪畫肖像懸掛廳中以茲紀念。醫學院當局並已通過設立瞻明陳榮譽講座教席。教席居然還是夫妻一同具名。

我心裡雖然明白，這種夫妻同榮的新作風該是婦解之賜，已非罕見，但是中國習性，仍使我覺得無功受祿很有點侷促不安。在旁的妹妹許是怕我不夠大方失禮一族，趕快打氣說：

「姊，你受之無愧，瞻哥的成就你絕對有功！瞻哥，是不是？」都說小姨小姑不好惹。

功自然是有的，對下一個星期我便得拿著當局指定的一個鄰城地址，打著張一知半解的地圖，陪孔先生跋涉做肖像去了。團來轉去迷路時我便免不了埋怨美國人真是多此一舉，為甚麼不直截了當向我們討一張照片就得？省公家錢省私家事又給我們一個機會、亮出一張比較年輕英俊的模樣，不是嗎？試問咱們祖國有哪一張掛在學校牆上的人物，不是黑髮衝冠雄姿英發長青不老的？只有美國，八千里路長途跋涉之後，還逼人沿著殘喘大街小巷的摸索、去請專家數白頭髮出證明、證明這的確就是那個跑到終點的馬拉松老選手。

餐會過後不久，丈夫開始病發。臥病期間，榮譽教席正式開始運作，甄選了第一位講座教授。

又見賓大

景色到底是日出之前還是日落之後？
外行人亦看不出，也覺不到分別之所在。

話說丈夫前任上司猝然逝世，至今我們取消了新奧爾良之行。新奧爾良以前倒是已經去過了一次。蜻蜓點水遊客區，我的新奧爾良印象不外古廈老墳場，爵士音樂，咖啡香味和法式煎餅。不錯，古廈老墳，雕欄玉砌別有風味；煎餅又極合我們華人的口味，但也僅此而已。後來新奧爾良遭滅頂風災，看著自然驚心動魄，慘不忍睹人之常情，但卻不曾進到普魯斯特（Marcel Proust）所形容的，從此一口煎餅一簍咖啡炊煙，整個人便馬上夢迴到一個前世追憶的境界裡。此情只能屬於新奧爾良的血親，就是真正在新奧爾良活過與新奧爾良息息相關的人吧。我不過是個輕鬆愉快曾到此一遊、到了客廳便止步的來賓。

當遊客、當來賓這個角色我這輩子可謂經驗豐富。一向不乏旅行的機會，越行越起勁，自覺非常稱職甚得其所，料想直到劇終落幕，這就是我派定的角色，深自慶幸，亦極知感恩，經常不忘向人生導演謝謝照顧。

遊客來賓的角色最合我意，因為我是一個缺乏精力亦無野心、能坐便不站、得過且過的人；更上一層樓自尋挑戰自找麻煩的事，我的口號一向是何苦來哉。像攀登聖母峰頂在附近不幸碰到暴風雪而死的馬洛里（George Mallory）這種人物，我是毫無共鳴無法了解的。有人問馬洛里君為甚麼要千辛萬苦的登峰？他答道，因為有峰在彼

（Because it's there）。這算甚麼理由？對我來說，做這樣麻煩、氣喘的事除非背後有人用槍指著你，不爬上去立刻開槍，這樣才有足夠理由起步。當然倘若有日山峰上有人投資建了五星賓館，邀我到彼一遊，那又另當別論。

我時常自誇有自知之明。看電視的時候每逢看到〈財富之輪〉（Wheel of Fortune）這個節目，我一定疊聲羨慕那位翻揭字母的小姐，因為我不能想像有比這更為理想、更為節省勞力、更不必麻煩大腦的好差使。我跟丈夫說，這口飯我可以吃。

其時其境，由日後的今天回顧起來，其諷刺恰似看名人傳記，以旁觀之清急當局之迷的心情。看傳記，因為是名人，未曾開卷，主角的生平早已略知一二，所以當書中人不知大難之將臨，還在眼前的美景良辰中癡人夢語的時候，作為知情讀者，心中便不禁暗暗替懵人著急，因為這傢伙並不知道，下一章便要人仰馬翻就有得他瞧的啦。同樣的，當我在欣賞著揭字小姐的角色時，自然亦毫不知曉，原來腦後已有無形槍口對著，馬上就得穿著高跟鞋爬山去了。

* * *

幸好如此。一切明日都是個謎的這個人間現象、越想越比宇宙任何的奧祕都耐我尋味，用意之長闊高深都更難以測度。一日的角色一日演。編導知道我們的本體，思念我們不過是塵土。

話說新奧爾良之行臨時取消了，手上便滯留了兩張機票。廉價機票不能退，只能罰款換行程。這種情況我們還是頭一次，出乎意外，不只不覺遺憾，反而有幾分拿到樂透彩票、抽到禮券、發了橫財似的快感。橫財不必細算，是拿來亂花的。

就這樣，只因換票盈差的巧合，我們便選中了費城，又或可說終於又被費城所選中了。世間事，是誰選誰，我的確越來越糊塗。總而言之，就這樣，我們完成了一個夙願。當時自然完全不曉得，原來此次旅行，乃是我們二人最後一次無殘無疾的攜手漫步。我們無憂無慮的細品慢嚐這幾日的悠悠，並不知道這是我們坦途人生最後的一餐盛宴、不知道天父是在替我們養精蓄銳，原來前面要走的路甚遠，是山路，四十晝夜行將前仆後繼攀登上帝的山，就是何烈山。這是後話。

調用徐志摩

費城是我們當年上學奮鬥成家的地方，是我們夫妻二人四十多年共同記憶的發源地。多次都說甚麼時候回去瞧瞧，不知怎的，像新年志願，總不見付諸實行，年復一年不覺已快半個世紀。

當年伙伴們曾經一輛老爺車，兩位司機替換，便馬不停蹄由費城直衝波士頓，將我妹妹拐帶上車，隨即繼續直開尼加拉瓜，同大瀑布打個招呼後，就又一口氣奔回波士頓。妹妹一跳下車，我們便立刻回歸公路繼續南下，全程不分晝夜不眠不休不到一天半。當日到家時，正值晚禮拜時刻，闊步走入費城小小的唐人街華人教堂，像古希臘運動員頂著桂冠歸來一般的神氣，無視於長者手揮額汗、大鬆口氣、並不鼓掌的無言責備。四十年後，英雄已經氣短，大腦亦回來了。我們此行前後只三天，完全不作他計，亦不呼朋喚友，只打算閒步重溫當年陣地而已。

當年既窮且忙，陣地本來有限。而且時代不同，當日男女有別，還未平等，政治尚不知正確，女生穿裙，走路優先，上車進門男士催前開門。穿裙的人，走不出方圓幾哩，何況那時女學生也不流行自己開車，貧富倒並不是唯一關鍵，雖然我的同人自然也更無買車開車的條件。不像今日，不分男女，連好些中學女生都有車代步，天南地北自來自往習以為常。

六十年代的費城，我們宿舍裡所有我認識的女孩，不論中外，沒有一個有車。說起來難以想像，我們中國女同學可是連費城地圖都不曾過目，因為沒有需要，所以也就從未想到要多此一舉。費城對我們只有左右前後入洞出洞之分。

國際學生宿舍是我們的座標，一出大門，立正，向右轉，入地鐵洞，沒幾站鑽出來就是學校。地鐵罷工，仍向右轉，到核桃街再來一次向右轉，往前走，無需再麻煩大腦，路途雖不算短，河橋為記，過了橋，擔保腳步亦必定進入賓大。

大雪的週末，交通阻塞，城外士紳不便進城，經常會將他們的交響樂票電贈外國學生。我們手拿免費票，亦只需踏雪入洞，之後便可循地鐵通道直走，連車費都免，不風不雪，冷暖相宜，一鑽出來就是音樂廳。還有福利之最者，一出大門，轉左，沒幾個街口就是唐人街，教堂與飯館對街而立。由此我一生堅信，房地產人的名言乃是至理，「地點！地點！地點！」費城十五街國際學生宿舍。

＊
＊
＊

當日有的是地點，其他一無所有。這是女生。男生，奇怪，沒有一個住宿舍。宿舍之於中國同學似是不成文的女兒館。好漢人人在外自闖天下，三兩結伴分租學校附近的危樓老宅，人人入廚自食其力，個個復又好歹都有部老爺車，間中一兩位鶴立雞群的男同學甚至還有本領下廚端出幾枚滷蛋、一碟榨菜肉絲之類。可以想像，英雄還有甚麼其他時代、其他地點比六十年代的費城更能武盡其用？

又可以想像，週末不上課，紅樓飯廳亦斷炊，請問我們女同學不上老爺車上哪兒？雖然華人車夫多懵懂，難得醒起身在美國，少有趨前為女士開門的風度；不只如此，往往還剛剛相反，見門便衝，遇到彈簧門，女生還得火速躲避反彈。可幸他們另有文化，將勤補拙，大伙人車一毯，隨時鋪地，請女同學上坐。

事緣費城夏天，公園露天大劇場有免費管弦音樂會。正式入座是否亦是可以一毛不拔不清楚，我們的領隊男同學反正無意查詢，無謂多此一舉，因為周圍草坪席地而坐絕對免費，而鋪地的氈子已在英雄手中飛颺，飛颺，飛颺。調用徐志摩。

就這樣天時地利人和，我們一批男女，尤其華人學生團契的伙伴們，學餘工餘便經常五六結隊，沒免費音樂聽時便遊蕩河濱公園。涼爽夜晚，興到便攀登藝術博物館廣場，居高臨下看夜景。有時哼哼歌。當年女同學流行「紅豆詞」、「玫瑰三願」、「淡淡的三月天」，因為紅樓裡有位美麗的同學，她期終畢業的音樂會包括了幾首國色名曲，不時在宿舍裡練習，運轉著她楚楚動人的女高音「……呀……呀，恰似遮不住的青山隱隱，流不斷的綠水悠悠……」大家也都跟著哼熟了。男同學們則愛唱「滿江紅」、「左公柳拂玉門曉」、「萬里長城萬里長」之類。一位素常文靜的老大哥有時會忽然迸出一句「可愛的一朵玫瑰花，塞地馬利亞……」大伙笑聲劃破夜空。

更多時候，我們沒唱歌，只是在嘻嘻哈哈些小學層次的天南地北。繞口令諸如甚麼崔腿粗的腿粗，還是某某的腿粗，就能教全體所謂高級知識分子捧腹不已。

有次擠到同仁的危樓公寓去吃西瓜，大家居然還起鬨將那位文靜老大哥關在廚房裡，推舉本人在外面表演模仿的猴戲。老大哥被挑進廚房，因為其人脾氣好，易推，甚麼差使都肯服務。還有，此君有幾個慣常動作，本人有把握，不費吹灰之力便能翻印十足娛樂大眾，所以亦堅持非他入甕不可。果不期然，廚門一關本人身一轉，五官才微微動了動二官，便已引得哄堂大笑。大家都喝采喊叫像極了！像極了！老大哥由廚房假釋出來，不知我們葫蘆裡剛賣了些甚麼藥，搔了搔頭，隨即又慣性的重覆了一下其版權所有的動作，大家又是一陣爆笑。

就這樣，坐夠了草地，爬夠了石級，吃夠了西瓜，恰到那天方夜譚時代的好處，有一天我便上了一部阿里巴巴老爺車，一上車便永不回頭了。周圍的朋友、兄長、教會父老都拍手同慶，插花掛彩、烤蛋糕、包春卷，出力又貼錢的將我們送走，只有我爸一人不合作，隔洋喘氣跟在車後「賊啊！賊啊！」的喊。

* * *

我挑的一部車是輛體無完膚、一九五二年的雪佛來，減音器失靈，震天價響，後門亦已打不開，最後連車檢都沒通過。為甚麼挑這一部呢？因為車響？因為車夫一聲不響？因為爸爸喊賊大增情趣推車助輪？或是因為有一晚在月光之下削蘋果，鏡子裡就出現了這麼一個人？

小時住校，宿舍裡有個傳說，甚麼人都絕不能告訴，找個月明之夜云，拿把鏡子獨自在月光下削個蘋果，果皮不能削斷，務必保持圈圈相連，削到最後，鏡子裡就會出現一個人，那就是你未來的丈夫。附註又云，千萬小心，鏡子絕不能打破，一破那人不論身在何處都會立刻倒斃。那時我們十一、二歲的模樣，沒聽見有人去試過，可能因為沒有蘋果，蘋果那時屬於金山。試想若是彼時我真去做個實驗，而果又有個人影出現，鏡中人豈不已是年邁廿五、六？鏡子會不會馬上驚摔落地？也許亦不會，丈夫留下的老照片，五官端正，而且還帶幾分斯人獨憔悴的模樣，有情調。我們都是冰心的讀者，又開始迷上了《家春秋》、《茶花女》和《少年維特的煩惱》。

十一、二歲時他是嚇不倒我的，倒是十年後我以猴仿動作在費城惹得一屋大笑的那天，若有人告訴我，被我推入廚房的老大哥就是我未來的丈夫，那我才真的是跌破眼鏡。這就是我前面所說的，世間人世間事，是誰看中誰、是誰揀選誰，甚麼人情、天情、甚麼物理？誰說得清？世人統稱為緣分。至於我自己，今日重溫來時路，卻道怎個緣分兩字了得？

天情物理。物理讀過的，早已忘得一乾二淨，只剩下莫名其妙的一句，不知怎的塞進了腦袋一個夾縫裡，好比崔腿粗的腿，一夾便再也抖不出來，海枯石爛，勢將永駐縫中。此物理一句是初中老師的一道考題：「從鏡中窺人必為人所窺見，是何道理？」云云。是何道理，今日自然已惘然，可是老師造句要得，考題不滅回音不絕，今日想來，物理雖已迷糊，沒料到哲情詩意無限。意外收穫。

「是何道理」云云，真是天曉得！理可理非常理，情可情非常情。試問折射角的物理有甚麼用？如果鏡看人而人不看鏡？看鏡又怎麼樣，如果只是攬鏡自照？鏡中窺人又怎麼樣，如果不為人所窺見？窺見了又怎麼樣，如果被窺的人給你一記耳光？種種可能簡直無休無止，想來這恰巧就是莎士比亞《仲夏夜之夢》的故事。一個陰錯陽差的局面最後是如何剪斷理亂的？《仲夏夜之夢》裡的神仙靠的是幾滴花汁；還有，靠我老師的口訣。

「鏡中窺人必為人所窺見」——不是口訣中的物理，是其中的毫無道理；不是其中的邏輯，是其中的毫無邏輯；不是其中的必然，是其中的偶然。《仲夏夜之夢》中，樑上神仙玩紅娘，好意抹花汁牽引人間姻緣，結果弄巧反拙、越幫越忙，抹出了一鏡子狹路相逢烏合之眾。原來滴了花汁接受了「物理」治療的夢中懵人，睡眼一睜，目落何處的「偶然」都大意不得。小神仙最後才知道，原來連「偶然」都不能聽其自然，都需要他仔細的安排。

不錯，這只是一個神仙故事，莎士比亞筆下的一齣喜劇、諧劇。而且還有這麼一個說法，說是給無數的猴子無數部打字機，假以無盡的年日，遲早能打出《莎士比亞全集》，沒甚麼了不起云云。再者，嚴格說來，猴子若是永生不死，則一隻就夠了。不過吃了仙桃的孫猴子呢？我看卻未必及格，因為不久前英國普利茅斯大學做了個實驗，將一個電腦打字鍵盤安置於動物園中一個六猴俱樂圈裡。一個月後，果然收成了五頁打字紙，可是不知是何道理，全部幾乎都是S一個字母。猴子且用石頭擊打鍵盤，並且在上肆無忌憚的方便。可見光是活猴一隻還不夠，還不能是隻蹦蹦跳跳、好翻筋斗、毀壞公物的武猴，而必須是一隻肯正襟危坐的文猴。

文猴可能還不夠，因為本人偏文肯定多於偏武，可是長年坐桌的結果，別說莎士比亞，就連一齣猴戲也沒打出來。

一戲無成而人生轉眼殆盡，正在徬徨懊喪左顧右盼何去何從的時候，卻忽然發現自己怎麼置身在一個舞台之上，而且正旋轉著身子，為丈夫、為自己，向周圍的觀眾欠身謝幕？劇沒寫成，難道甚麼時候卻演了一齣戲都不自知嗎？

謝幕完畢月下靜思，人生是戲。原來劇情或鬧或喜或悲，場場幕幕穿穿插插參差有序，有伏筆有劇情、有編導有角色、有道具、有燈光、有布景，絕對不是五頁S的猴戲。回首來時路，誰能說偶然不隸屬於必然，物競不隸屬天擇？進化不隸屬創造？狂風不隸屬命令？

瑞士花布旗袍

話說我們因新奧爾良之行臨時取消而不意降落費城，二人牽手重踏舊域。我們手執地圖，量著街道數著號碼尋尋覓覓。十五街的八層老巢早已蕩然無存，四顧只見車水馬龍茫茫不辨身在何處。國際學舍老早升格為現代大樓，遷到賓大附近去了。

費城的所謂International House，是全美第一間「國際學舍」，至今已史近百年，前五十年本無住宿之設，直到遷址十五街才開始收容宿生。十五街時段為期甚短，但恰巧落在同人插隊費城的六十年代初期。

當時的國際學舍僅容宿生百人，其中中國女生十人不到，其他沒緣認識的絕大多數同學們寄居何處，我不清楚。而我又是何幸，新來乍到便一頭栽中了這個好地點。想來還得謝謝為我打先鋒的好友玲玲。

玲玲中學已來美國，家境闊綽，自己的公寓廳房全備，不必屈居十五街。生性聰明精敏不耐拖泥帶水，見義好速為；窮人她無所謂，但呆子她絕對耐煩不得，所以老早給我安排一切，免得我來之後害她呼吸困難。

事實上若不是玲玲先我一年去費城，我根本不會無端起意去賓大；又若不是玲玲在費城的男友慫恿她，我看她也不見得會登陸彼處。玲玲愛熱鬧，紐約更好玩，她應會選去哥大，另一間接受她的研究院。

第一次同玲玲碰面，我正在麻州某女大排隊，新生註冊。許是同日有甚麼國際宴會之類需要參加，還是那年代我們真的是如此的莊重，都以國民外交為己任？我還記得自己一身港式瑞士花布旗袍，排在亦是國色打扮的日本同學、越南同學中。玲玲走過，一條牛仔黑裙蓋著件淺紅色鬆身上衣，馬尾及腰，圓眼圓面一副老馬識途的自信，一朝見我，便三步兩腳走過來，馬上十拿九穩的就用廣東話同我打起招呼來。二人不同班系亦不同宿舍，但是從此嘻哈玩樂臭味相投形影不離。

當初在港之時，我同時申請兩間學校，兩校同是所謂「七姊妹」女大，聲譽不相上下而獎金亦都十足。為甚麼就選上了玲玲正在就讀的一間呢？誰知道？總之兩校不出其一就是了。分岔路口，左轉右轉一步之差。一步一生。

今日重訪費城，昔日十五街的國際學生宿舍既已無跡可尋，唐人街又不似曾相識，我和丈夫二人在費城市中心徬徨完畢，終於摺起地圖，索性解放腦筋，登上巴士直赴賓大罷了。一則我們得到結論，坐在車上隨便東張西望一下舊景、要比這樣胡亂的尋尋覓覓理性得多，其次我們有信心，賓大核心故宅應猶在，老顏不改。

巴士我從前是不坐的，三步一停兩步一歇，不想時間被糟蹋，人人只奔地鐵。而且華人女留學生中當時盛傳一個關於巴士的故事。說是一位打工女同學，半夜收工回家，不敢坐地鐵，選坐地面巴士。登上巴士時喜見還有三四坐客為伴；後座有位老先生，前座還有三個青年。女孩坐到老人對面。巴士重新啟動時，不料老先生躡足過來低聲地跟她說：「下一站你必須跟我一起下車，不要害怕，請信任我。」女孩不知所措，胡亂從命。下車後老先生自稱是醫生，並告訴她，剛才的三個年輕人中夾在中間的一個是個死人。這個故事，始終不知真假，不論如何當時大家都嚇得肝消膽化，尤其打夜工的幾位同學，捏著冷汗，工可是仍得硬著頭皮照打。

巴士到了我們的老地盤三十四、三十六街一帶，果不期然，賓大仍在。就是說，我所熟悉的賓大仍在，四十年老顏不改，這是唸文學院的好處。文學是奢侈系，消費不生產，說話不響亮，一向屈居陰森老屋，無人與爭，新樓大廈輪不到。電視上的黑色喜劇〈阿達一族〉（Addams Family），出自校友漫畫家亞當斯（Charles Addams）之手，其中的凶宅大廈就是咱們的學院堂。我們的教授，對學校不敢怠慢的院系都有酸溜情結。走廊上，時好時壞的公用鉛筆鉋，不斷觸發他們的被逼害狂。筆鉋終於罷鉋之日，教授憤憤認定，這東西是銅臭院系扔掉的敝屣，學校撿來給我們穿的。

不過甚麼壞事都有正面的價值。敝屣不敝屣，學院堂可是建築史上名見經傳的國寶，所以不論要貼多少養老金、整容金，老祖宗都不容幹掉，有國法保護。於是學院堂和周圍幾間歷史性老校舍，便成了校園萬變中最靠得住的不變，在四顧茫茫失憶失聰的疑懼中，鎮靜了老校友的神經。不但如此，更奇怪的是，校友們，包括從前視老屋為雞肋、佔新樓用新鉛筆鉋的寵兒，似乎都靠我系那座古樓喚回他們的青春，看校友出版物就知道。形象記憶這東西就是奧妙。價值連城的現代大樓多闊氣多好用，過後在腦中似乎都不留痕。落葉總是歸根，唯蔓藤覆額的學院堂祖宅，能牽動校友遊子們的詩情鄉意。

我私人的經歷則稍有例外。因為曾是學院堂魚腹中的約拿，學院堂的內臟給我的恐怖，多過外面水草蔓藤的詩意。我讀書上癮聽課成癖，但是始終恨惡考試。我的惡夢大多與考試有關，而學院堂的老走廊、老教室，經常是我惡夢的布景。夢中考試，總是遲到，想快跑飛奔，腳不是拔不起來，就是一起步衣角卻讓鉛筆鉋揪著不放。怕考試，這是我天性的一大敗筆，自小如此，雖然考試從來順利通過，可仍永遠是我的第二怕、能躲必躲。我的第一怕是老鼠。所以像我丈夫那樣能夠正眼看老鼠，又能泰然赴試不捉迷藏，甚至還自送上場喊著「我在這裡」，唯恐試卷找不著他似的。如此的人，我越是難以了解越是佩服得五體投地；投地之餘，有時連架子都忘記了而會為他解了鞋帶都不自意識。要知道，解鞋帶對我來說也是件了不起的大事，因為勞動是我的第三怕。這項自剖之明，是時至今日，追憶檢討之後才得出的結論，當時只是惘惘懵人一個。

無他，就是紅玫瑰一束

我懷念得比較輕鬆的，是學院堂緊鄰學生活動中心的休士頓堂，因為從前裡面有個憩息的小房間。可能太小太簡陋之故，從來不見有人問津，於是便成了玲玲和我等於是包了下來、午息約會的地方。我們到吃堂買杯鑵頭湯便到小房將門帶上，拋書包寬衣踢鞋吃我們自備的三明治，談天享樂嘆世界。

休士頓堂對街就是賓大大學醫院，丈夫的老巢。醫院，實用老樓一大座，引不起甚麼舊情遐思。可是飲水思源，人活著不是單靠遐思。賓大醫院四年，可是丈夫一生不可多得肚滿腸肥、隨心所欲的日子。這四年之前、之後，他都在半饑餓狀況之下度過。之前因為國家窮，之後因為太太凶，這是命運。因此，賓大醫院對他有分外的感情，四十年後久別重逢舉目一望，仍然興奮，好比巴夫洛夫的狗，一見餐缽馬上垂涎。

當日的受訓醫師，好比以色列人在埃及，日出而作日入不息，三十六小時不眠不休是常事，七十二小時不曾上床睡覺的時段都有，而且工資免談。但是另一方面、賓大亦一如埃及的令人留戀：肉鍋開放，黃瓜韭菜住院醫師免費任吃。

吃得最起勁的自然是台灣來的陳某，其人且又像埃及法老王夢中的瘦牛，吞了許多隻肥牛仍然是瘦牲一隻，美國人嘖嘖稱奇羨慕不已。丈夫的胃，是離開費城之後才到達常人新陳代謝的底線，卡路里才開始作用。所以賓大四年，吃所欲吃，是他值得記念的豐年。

回顧起來，食史如此坎坷的人居然從來未在餐桌上失儀，且還彬彬有禮不容易讓人發現他事半功倍的功夫，簡直是奇蹟；否則，不是講笑，包裝若是先討人厭，誰有興趣瞧他的內容？換言之，管他張三還是李四，若是饑不擇儀、囫圇吞飯、呼嚕喝湯、飛筷過河，可以斷言本小姐不會同他多吃一頓飯，莫說最終還下嫁、下廚、替他燒一輩子的飯。所以說，人生最小情節仍不能沒有伏筆，想來還得感謝他姨父的家教和培正中學的訓育吧。

提起培正，丈夫的記憶，套用大陸口號口語，是兩個不容易：講廣東話不易，吃廣東飯不易。他常感奇怪，為甚麼我們廣東人喜歡吃這麼硬的飯？我燒的飯，他說，比培正的好些。培正的飯云云，一粒一粒的站起來像子彈一樣，咬不動吃不下。換句話說，這人曾經有過食的文化、有過有所不吃的日子。

想來慚愧，四十年後二人攜手重訪曾受教益的學府，懷舊之思居然萬般皆下品唯有餐缽高。食，好像變成了我們人生一個重要的主軸。究竟是因為四十年共同生活，近饑者餓，興趣越來越朱黑一致，還是我們本來不知不覺就是兩個情投胃合的柴米男女？

「柴米男女」，因為那時我們不是夫妻，連男女朋友都不是，只是各自忙著餬口的一男一女。後來是如何由柴米男女變成柴米夫妻、一個人煮兩個人吃，如上已述，回首之時頗惘然。

* * *

只記得有日下課回宿舍，櫃台信箱說我有信有「包裹」。信是我們自小寄宿、爸爸數十年如一日每週一封的例信；「包裹」則是櫃台上放著的一瓶花。櫃台上偶爾也有熱心人士送瓶花來點綴點綴；不奇，只是紅玫瑰就有點不尋常。打開卡片，更是意外，四顧無人，拿掉卡片原瓶不動留在櫃台，不領。掌櫃值日是個男生，埋頭啃書，目中無人目中無花，頭都不抬，求之不得，快快溜走。不是不喜歡花、亦不是不喜悅馬屁，那時候馬屁多多益善，只是此花太紅，雞肋紅，一時不知如何處理。

我的朋友個個有聲有色，老遠就打招呼，人未到笑聲先到，哪有不聲不響不叩門，從檻下推張名片進來的怪事。當然此人不是任何一個張三李四，而是我一向對他有份敬意的老大哥。這人言語寡少，但不多的幾句往往中肯智慧，我素無異議，只是作為男朋友是不是離譜了些？

不過我雖然習慣嘻皮笑臉，但自誇講究君子操守，最看不過無隱私觀念的人，孰可笑孰不可笑，孰可傳孰不可傳，自有自命清高不可逾越的界限。可笑而不笑，我認定是弱智，起碼消化不良，病也，雖不可取但情有可原，因為身不由己。但不應笑而笑、不應傳而傳卻是人格問題，情不可原。玫瑰太紅，不比一瓶野菊，我不笑自有人笑，想不笑都難。紅花招搖過市捧到八樓女生宿舍去，送花之人必然名聲大噪。女孩子笑聲可畏，使不得，得保護老大哥的尊嚴。紅花不認不領。

次晚我在夜讀的時候，樓下櫃台電話傳訊說是我有客人。那時代男女不能隨便進出彼此的範圍，異性要登記入冊，取得允准條子才可通行。今日想來，當日那些條子真是古老得妙。一男，條子上填1 beau，二男2 beaux等等。Beau是男伴，有幾分油頭粉面討好女性的含義。

話說 1 beau在樓下求見，此beau單數出現，週日出現，破題第一遭。我說，這麼晚了我已經梳洗完畢要上床睡覺了，不能下來。他說對不起，因為剛剛才下班。我很慶幸他拿來的花還沒凋謝還在櫃台上，同他碰個正著，他自己應能領會。

過幾天，不聲不響又來了個包裹，這次掌櫃值日的是位中國同學。她一面從櫃台下將「包裹」撿出，一面笑嘻嘻地報告是誰人送來的。「包裹」，龐然大盒一個，沒包裝，重如鐵餅。原裝盒上印著「鹹水拖肥糖」（編按：或譯作「鹽水太妃糖」）。

「鹹水拖肥」這幾個字實在太精彩了，怎能不笑。我的操守涵養到此為止，加以這一回一友知盡友皆知，替其人保密已是多餘。拖肥拖到八樓，招朋喚友來吃，索性來個大快活。軟糖人口一粒，大家好像一群吃草的牛嚼著，嘴巴上上下下、慢動作的開開合合。我說，這倒像某些華人過年時給「神明」吃的麥芽糖，「神明」吃了嘴巴張不開不能告狀。

後來老大哥和我最終居然成為眷屬，已人盡皆知不必細說，而且二人生死契闊執手偕老亦已成為史實。只是當年的鬧劇是如何糾察下來，以至終於進入莊嚴的，實在也講不清楚，因為愚公仍然默默，山泥一日一擔，談不上變化。事實上當時以至往後，幾十年之久，老大哥送花從來不曾有過別的，閉著眼睛都知道，無他，就是紅玫瑰一束。我同自己說，唉，不是遇人不淑，是淑人不聰，莫明我妙。紅玫瑰早被定義，好比社會主義國家的紅星，圖騰一枚，創意何在？詩意何在？怎麼此人從沒想到過跑上山去給我採一束無名野花來？

劇終幕落之後，我猝然醒悟，陳俗的原來是自己。丈夫的陳俗遠比我的清純清新。有一種清純是任何陳俗都不能污染的，又有一種我曾傾心的清新本身就是陳俗。夢醒之時同自己開一個玩笑，以最俗最紅最大的一束玫瑰花回敬老大哥，以模仿表示衷心的敬佩和感謝。

安息禮拜前夕告別之夜，老大哥安臥玫瑰花底下。我們年輕的小牧師問我，陳醫師是這樣不尋常的一個人，你作為他的妻子有甚麼感想？我說，我感到十分蒙恩，我知道我不配。甚麼不配！旁邊的老朋友不以為然，似責我時到此刻還不嚴肅。慣開玩笑的人是沒有甚麼信用的；假作真時真亦假。只有老大哥，無論得時不得時，同他開玩笑開了一輩子，居然不知要扣減我絲毫的信用，一直到底，凡事相信。

那是半世紀之後的事了。回顧之明、透視之明是年歲的冠冕，與青春無緣。當日那無所不知的女孩還只承認詩意的只有一朵雪花，翩翩的在空中飛颺，那才是瀟灑。糊塗女子何幸，是誰的手將她牽到耕田守園的亞當面前？

絕對不是她爸爸。

愛瑪的爸爸

唉，說到親愛的老爸，話又長了，如何形容他才好？爸好像賈寶玉，命定陷足紅樓。小時全屋是姊姊，老來通宅是女兒；不只不重男輕女，而且絕對重女輕男，換言之，最恨女兒出嫁。女兒們一稍有非非之想，都十分心虛，知道必須、但又不知怎麼樣著手及時給爸一個警報訊號。訊號需拉得長長的，由弱漸強，因為拔牙之前得出盡法子施點麻藥，這是人道。爸接到男友申請的訊息，第一票通常是反票，不稀奇，理由可想亦多不充足，但對我的一次是例外。

這次老爸因為理直所以氣壯，洋洋灑灑條陳告誡嫁給老頭子的不智，引經據典加上實例，文章越寫越精彩，讀著讀著我的文思亦不禁一發不可收拾。當然我不能同爸講我自己心中對號入座、最是簡潔又充分的理由。我不能說，爸，我的老頭子非同爸的老頭子，他是布蘭登上校，他是奈特理先生，我是烏龍王愛瑪；而爸，請不要生氣，你這樣稚氣橫秋死不肯嫁女亦一如愛瑪的老爹。愛瑪最後得以成婚還是虧得一個偷雞賊，三更半夜將鄰里的火雞捉拿一空。愛瑪的爹嚇壞了，急需壯膽，這才終於答應了容許女兒招郎入舍。我自小迷上珍・奧斯汀的小說，爸一向認為是好事，只是他自己是不看的。

對話得用共同語言，現成名著既使不得，偷雞賊亦是可遇不可求，只好以其他非文學理由同爸講理。我於是接續著爸的風格，亦是洋洋灑灑的由人生的創世記講到啟示錄；總而言之，爸，我說：「少年人無論貧富，我都沒有跟從。」一面寫一面對自己的台詞、角色都肅然起敬。爸不便辯駁聖經中老頭子波阿斯和路得的故事。他也不履此薄冰，他另有王牌。

爸第二封信採黨國遺老的口氣，雖然他才五十多歲。爸哀家國之多難、共匪罪惡滔天，人民流離失所有家歸不得，近年逃亡在外的男子云云，大陸家鄉多已有妻。

三十多歲還未有家室完全反乎常理，有何證據此陳某的確未婚？因為我相信他。借爸的耳朵來聽，這算甚麼理由？可以想像爸的逆耳忠言更必勢如破竹。我又不能說，不錯，陳某應早有家室，只是他長久以來，除了年齡之外一無適婚條件，他連來美的旅費都靠賣血借貸籌集。我家雖然不勢利，我可也不能想像不名一文在爸面前算是一個有利的條件。

我更不能告訴爸，老大哥尚無妻室並不表示反乎常情。他不是少壯不努力老大傷悲起來，才忽然發奮起意拐帶你的女兒。不是他不曾努力過，是沒有成功，更老實的講法是：一敗塗地。

＊　＊　＊

幾十年來，老大哥供給我的笑料應有盡有，真的是值回票價，物盡其用，他的一切我都肆無忌憚的拿來泡製笑話，我大笑他微笑朋友哄堂笑，笑聲不絕，只有這一段悲傷的經歷我替他牽上籬笆，從不冒犯從不探問，這是我同自己的君子協定。這一段是他的大馬色路、他的墳塋、他的何烈山；在山上荊棘烈火中，他遇見了那位素不認識自有永有的天父。細節我不清楚，應是他醫學院畢業前後的事吧。老大哥經歷了一次粉身碎骨的失戀，像仆倒在大馬色路上、瞎了眼睛被人拉進城去的掃羅，幾日幾夜在幽暗中無以自拔。

同一時期，老大哥有位中學同學也到了台灣。樓君剛自台大畢業不久就病倒了。兩位同窗在異地相逢，一個是病患一個是新出茅廬的醫生。病人樓君，新近信主，目睹比自己還不堪的醫生同學，便介紹他認識耶穌，送他一本《荒漠甘泉》。幾日幾夜，《荒漠甘泉》成了幽谷中人唯一的食糧。

「**我留下平安給你們；我將我的平安賜給你們。我所賜的，不像世人所賜的。你們心裡不要憂愁，也不要膽怯。**」一句恩言忽如甘雨打入了一個疲乏乾枯的心，頃刻間成了一注活命的泉源。「其餘，」像西諺所說：「已經是歷史了。」

我們婚後丈夫開始教職的早年，華語留學生團契聚會在我們家中舉行，自由點唱詩歌的時刻，丈夫經常愛點的一首歌，旋律頗為複雜。他沒音樂造詣，我常納悶他怎麼會欣賞這麼一首不甚易唱的詩歌，莫非他有沉潛的音樂品味我還不曾發現？作為司琴的人，我跟著大伙同唱的時候不多，所以歌詞少入腦袋。

行文至此，我忽然想起這首久違了的詩歌，找出來看看，「……一丐者坐在路旁，雙目失明，不能看見亮光；緊握破衣，黑暗中戰兢不停……。昔有一人……淒涼獨住山墳……，傷害己體無人救，耶穌一來，釋放他得自由。……除去幽暗，使痛苦變為甘甜……」

丈夫過世之後收拾他的瑣碎，復又發見他手抄以供日常背誦的金句卡中有這麼一張，而好幾本書上的眉批亦屢次重複同樣的一句：「**祂從高天伸手抓住我，把我從大水中拉上來。**」

身為一個飽得慈愛、自小在天父家中長大的人，我不明白孤兒歸家的滋味，亦難體會甚麼是起死回生救命之恩。如今我恍然領悟，只有通過這樣的體會才能解讀我的丈夫。再生之恩刻在他的心上如印記，戴在他臂上如戳記，他對救主的忠貞如死之堅強。另一方面，大山挪小山遷，恩主的慈愛亦一直的環繞著他沒有一刻離開。那默契，沒有條件不加思索，同呼吸一樣的不著痕跡，與呼吸共始終，一直到底，疾病的殘忍不能移，眾水不能熄滅大水也不能淹沒。我這才明白，甚麼是歌中的雅歌，若有人拿家中所有的財寶、或是成功、或是健康要換這天人之間的愛情，就全然被藐視。

柴可夫斯基的《三姊妹》中有這樣一句劇終的台詞，「……再等片時，我們就明白我們為甚麼活著，為甚麼受苦……巴不得我們能知道，巴不得我們能知道！」不錯，我們如今所知道的有限，有一天我們要全知道，但有一件事，此刻我已經看清，老大哥最後六、七年的苦難是他人生好戲的高峰，我甚至認為我們是為此而結合。我們各自先前人生的伏筆亦是為這最後一幕作準備。我為他上主日學，為他領幼兒組背金句冠軍獎；他為我走大馬色路，住墳塋，上何烈山，因為唯有如此他才能儲足經費為我付學費。我的學費極昂，唯他有足夠的積蓄。

＊　＊　＊

這真是我始料未及的事。當日我只知當心，老大哥囊中如洗的事實不能讓爸爸知道，莫火上加油，因為單單年齡一節已經麻煩十足。老大哥一天未婚無據，爸一天不答應我們繼續交往。

六十年代中國天翻地覆，我們自己家本有音訊的親人都斷絕了聯絡，何況一個自從年少便隻身流浪、早已失去家音的人，到哪兒去找證明？我們這是入了死胡同了。

自小雖不是隨心所欲起碼人生大順，如此挫折於我還是破題第一遭，訓練無素，表現自然差。可幸爸隔洋無耳，沒聽見我如何口不擇言宣洩不快。老大哥沒參嘴，靜靜的說，我們禱告等候罷。

他說，我們之能交往到此地步已是神蹟。還沒開始展開攻勢之前云云，他已在禱告中得到印證，我就是神為他預備的人。不然，他問，我怎敢追你？哪有膽量趁熱鬧自討沒趣？亦因為神給他的信心云云，所以在我嘻皮笑臉揶揄之下仍不打退堂鼓。這沉靜緘默的人物難得開口，但有時不多的幾句不意確受我用；肉包子打狗，越打越回頭，終於便成了他死心塌地的家犬。閒話打住，暫且回到彼時彼刻，話說爸將我們逼進死胡同，老大哥卻不慌不忙，按照他已有的經驗，他相信神所應許的他必能做成。

生來便是主日學校校友、聽道專家，禱告的功效、禱告蒙應允的見證對我可謂耳熟能詳，自小便學會了唱「祈禱使我常得勝……祈求主名字使仇敵受羞辱，祈禱能得勝。」可是除了考試之外，似乎從沒需要做過甚麼太過逼切的禱告。真沒想到第一次有需要，仇敵是爸爸。

比起我，老大哥的教齡不值一提，是我的小老弟。但我曉得，我這生來的教友只是紙上談兵，從未有過像他那種活生生的經歷。但本人可是見多識廣，自幼人小鬼大，頗善分辨大人的虛實。雷大雨小的人，往往能一眼識破，甚而模仿得唯妙唯肖。這點能幹爸素來欣賞，卻常惹母親生氣。媽極不喜歡我們論斷人。不過胡鬧歸胡鬧，我還是知道好歹的，真人真品我不但不敢拿來開玩笑而且可稱知音，自然而然的敬重。此刻老大哥那份沉著安靜，使我封口自慚形穢。

＊　＊　＊

先是與我相會相識的這一次之前，老大哥已來過賓大一次。第一次來美兩年進修完畢回國履行服務條件之後，他便一直渴望再來求學，從頭接受完整的訓練。當時在台灣，不論私人官方，這都是絕無可能的事，但他日夜禱告，兩年之久雖全無起色仍不灰心，每天持續口唱心和反覆思想一首短歌：「我知救主為我預備道路……仰望主懇切祈求，雖黑夜也變白晝，我知救主為我預備道路。」「後來，」他告訴我：「神的時候一到，二十一天之內，一切便十全十美的成就了！」他第二次來賓大，就是我入學的同年。醫學院學年始於七月，算來他該是比我早到賓大兩個月罷。

史既有前例，於是我們的事，他便不震不驚，照樣平靜忍耐的禱告等候。我自然也跟著做，因為除此也並無別法。

這一耽擱老大哥自然更老了，但是萬事都有定時，不緩不急。最後有一天，老大哥忽然拿到一本名叫《燈塔》的基督教雜誌，翻著翻著看見裡面有幅漫畫，作畫人的名字頗像他表哥的名字，就是抗戰期間曾經收留過他的姨父的兒子。這位表哥比他大五年，在澳門初遇時已是個翩翩少年，一表人才，一口京片子兼牛津英語，並且多才多藝，他這落難的土包子小表弟只有高山仰止的份，從不敢冒昧親近。而且姨父一家並不信主，同名亦不表示就是同一個人。他不寄予多少希望。

但我還是跟姊姊提起此事了。因為爸爸一貫討厭嫁女，因此我們姊妹都同命相憐。姊夫得知此事，自告奮勇姑且到雜誌社去代為探聽一下。

不料喜出望外，作畫之人真的就是表哥，早已落戶香港。二十多年音訊斷絕，表兄弟倆彼此在不同的際遇之下都分別認識了救主耶穌。通過表哥得知，表弟的母親已去世（父親早已不在），姨父亦已作古，姨母尚在，亦已信主，循循詢問甥兒成家了沒有？

未婚終於證明。加以等候期間，爸亦照其常程漸入理智佳境。痛牙不中留，拔牙只是遲早問題。一悟其中的無可奈何，事態便有了轉機。壯士兮終於鼓足勇氣，長痛不如短痛，閉上眼睛張開嘴巴拔就拔吧。可幸那時代留學生大家都窮，人人都是湊合著自己嫁自己，分工合作的彼此包辦婚姻。教會長輩更是情同父兄，新娘拖完一個又一個不以為麻煩。家長既都不出席，所以爸只是隔洋一夜無眠便完成了拔牙手術。

黃花落英

話說四十年後老大哥和我牽手重訪賓大舊地，二人由老校園的中心一腳一步繼續西行，從前男同學們寄寓的廉租老宅，已不復能辨認，包括大家吃西瓜、我猴仿老大哥的所在，全部都消失在裝修重建飛沙走石漫天的烏煙瘴氣中，據稱都要變成現代公子哥兒的希臘字母宿舍了。

往西往北再三兩個街口，我們來到了三十七街、栗樹街的交界。哥德教堂赫然在望，蜂蜜色澤一如從前，萬變中的沒變。救主堂，這是我們婚禮的地方。

當日窮人，心不能兩用，我們婚禮的一切，物美其次價廉第一，職業攝影師自然免談，加以是日傾盆大雨，權充攝影師的朋友更難取光取景，並未留下甚麼好照片。最遺憾的是，我們離開了費城後才發覺，教堂外景一張也沒有。此行記著補照一幀以作記念。

來到教堂前，意外發現，原來如今的國際學舍就在旁邊。從前十五街的同學出嫁，大費周章，選請友輩中一部算是體尚有完膚的老爺車，權充花車，送到行禮的教堂。若是今日，豈不由宿舍走過來就可開始行禮？

我自己當日倒還虧得教堂借用小閣樓讓我們老早到步，就地裝扮更衣。萬幸，這不只省卻了勞駕老爺花轎，最大收穫是無意中成全了玫瑰的一願，乃是因此，雷電交加的當日，禮服婚紗才未曾受無情風雨的吹打，之子才得以從容入堂平安于歸。

四十多年後的今時，除了我們自己，當日的伙伴們都已兒孫成群。人丁最興旺的倒不是我們同出同入的同胞，而是我們婚禮上的男儐相，老大哥當實習醫師時醫院宿舍的室友，美國土生日裔醫師，尤展。

話說當初老大哥關關雎鳩在河之洲不甚亨通之時，尤展聽了便建議他試試請我出去看齣話劇，請到的話，他和他的美國女友願意陪我們同去。四人出遊乃家常便飯，且有戲看，當然去。

兩個實習醫生，銀根極緊，只能買最便宜的票。美國的話劇戲院我這還是首次見識，真是大開眼界。我不知道，劇院上層後排的座位，蜀道原來可以如此之難，攀來爬去都不到，座位一級未完一級又起，無休無止的直排到天花板上去。那一次我們四人坐在天邊鳥瞰了甚麼一齣戲，是不就是「戰爭與和平」還是其他，哪一齣戲是哪一次看的我如今都記不清了。反正舞台劇是我所好，且我不相信浪費，錢都花了，多麼艱辛我還是伸長脖子傾力追隨台上的舉動。

眼痛頸酸扔頭鬆骨的時候，不料，很快窺見發現了一個祕密。身旁的老大哥根本沒看戲，只是目不轉睛全神貫注的在「鏡中窺人」。我雖不俱謙遜美德，但可從來亦不致不自量到幻想過自己可以有趣有寶到這個地步。這樣的目光我不曾遇見過。

也許是自此之後罷，我沒再拒絕下樓會見，而且乖巧得很。很快便發覺，幾朵花幾顆糖兩張票之後，老大哥的銀行戶頭已經見了底，便主動的堅持，今後一切活動以免費為原則。從此我們只走博物館山下的河邊路，坐河濱公園露天石像石雕前的露天板凳。

尤展實習完畢後派到越戰地區當軍醫，後來定居西岸，算來大家分手也快半個世紀了，但一直保持著聯絡。每逢聖誕我們都會收到他的全家福，早年是添丁，後來是添孫。他後來行醫之外又成了一位頗有名氣的攝影家。

前年聖誕尤展曾來卡說，快要退休了，退休之後要飛過來看看病中老友。引發我在回信上提起了丈夫病倒之前我們最後一次費城之行。我說，真是巧合，我倆的腳步起於費城又終於費城，走完了一圈居然回到起點，發現地球誠然是圓的。

丈夫安息禮拜完畢後，我才寄出一封訃文信通知遠方的親友，尤展自然在數。他說，一見我的筆跡就馬上會意，因為大家才剛交換了聖誕音訊不久，除此意料中的意外，不可能是別的。

致慰致哀，尤展寄來一幅他的攝影近作。紙質像張畫紙，印在上面的中國山水亦不似攝影、而亦更像一幅水彩畫。

三五筍峰，灰矇矇的參差展影在淡淡橙黃微亮的天空上。水山無界共是灰矇一片。水中長條木筏上側立著一個把槳披簑的漁夫。船頭鐵杆彎著一盞吊燈，孤光微弱的呼應著天上的顏色，光影好似黃花落英，徐徐飄落水面上。燈旁一對釣魚郎，閤著翅膀，不知是在等待開工還是已息一日的勞苦。

景色到底是日出之前還是日落之後？外行人亦看不出，也覺不到分別之所在。一幅經匠心過濾的靜景，不參入人間晨昏日暮的喧擾，無聞杜鵑啼血無聞猿哀鳴，只有無言無語的一片寧靜，寧靜之極至，滲心入魂，化為一聲說不出來的嘆息，無比的溫柔，有如母懷，撫抱著斷過奶的嬰孩。

日出日落、青春暮年、健康病痛、順境逆境可以是同一景色，這是我在劇終回首的覺悟。

觀雪

站在老鼠的立場，原來醫生才是貓，白貓黑貓，管牠甚麼貓，反正捉老鼠捉得越慢越斯文越是好貓。

丈夫離世快到週年的時候，一天晚上就寢之前，無意中突然看到客廳中的一只古碗裡面有張紙頭。一撿起來發現碗崩了一個口，呼吸頓時停了一拍。

紙條是公寓的清潔女工留下來的，先前不曾發現。「對不起，」上面寫：「抹塵時不小心把碗打破了，我將負責賠償。」

茱蒂茱蒂！我哀聲喊道，你將命給了我也沒有用啊！意念一出，自己也嚇了一跳，因為發覺此時此刻，一條人命在我心中果然所值不如這一只碗。

鄉愁

這只碗是我的心肝寶貝。不單因為我特別喜歡那原始粗糙不大均勻的橙紅底色，更欣賞碗裡碗外跳躍嬉戲的十多個總角兒童，一個打鑼一個搖鼓、舞關刀、放風箏，不一而足。更重要的，這只碗載著我一個幸福滿滿的回憶。

婚後初年，丈夫寒窗苦讀苦幹多年，終於到了上京考試的關口。我陪同一起到華府去赴試，試畢我們跑到唐人街去遊逛慶祝，準備好好慰勞自己一頓唐餐才赴長途回家。我們逛經一家古玩店時，我一眼瞥見了櫥窗裡擺著這一只碗，眼睛一亮一見鍾情。進去細看。

那年代美國禁止中國貨入口，瓷器上一切中國年號、字號全都刮個清光以求過關。即非如此，年號即使一一保全，我們對古玩實亦毫無認識，真品膺品也全無分辨的學問。管它真品膺品，我說，喜歡就是喜歡。志在必買。及至一問價錢，嚇得我趕快小心翼翼的將寶貝擺回原處，那幾乎是我們一個月的房租！並不是碗真的那麼貴，尤其倘若是真貨的話，而是我們的公寓牆單瓦薄，冬冷夏熱，所以實在便宜；那是捉襟見肘的日子。丈夫說，不必猶豫，要買就買，難得那麼喜歡！

自此之後，大半生由各地收羅回來的小寵小愛也不在少數，卻沒再有過任何一件是那麼樣的貼心，百看不厭。

四十多年後人亡復又碗破的此刻，心如死灰何能思寢？就是上床也不可能成眠，於是索性坐下來打幾封電郵向幾位老友發洩發洩心中的失落。

一位朋友馬上回郵，說是那一只碗她記得的，一向擺在我們飯桌中央一只高腳木雕座上的，對不對？她要我給她更詳盡的描繪，附上照片更佳。她頗有把握遲早能在網上拍賣公司為我覓得替代。

朋友的體貼讓我感動，但是嗚呼，我說，那只悅我眼目大半生的碗，是獨一無二無可替代的啊。

當初，自從丈夫的殘疾下滑至一定程度後，我們的生活重心已由我們的老家轉到一個有急救設備的老人社區裡的一間小公寓，我每天兩處來回，家屋空置的時候居多。小偷若是看中，我時常宣稱，只要我人不在家不致嚇死，我並不在乎。身外物我一向自誇灑脫，萬物至是更是輕易視如糞土了，何況我一向還主修裝假，裝假有術。不少擺在精雕腳架上、中外朋友都讚賞的「藝品」，其實是拾來的鹹菜瓶、溗丁甜醋缸之類。

莫名其妙難以解釋的是，在我們的空巢如是太太平平的過了六、七年之後，有天晚上，當我獨個兒在寄居的公寓中，遐思忽起自言自語道，人都沒了，一屋寶貝貴貴賤賤給扛抬一空，我實實在在還有甚麼好在乎的！這才忽然想起，不對，這只碗絕對丟不得。一念驚醒夢中人之後，於是漏夜跑回家去，將寶貝小心翼翼的捧到小公寓來保全。

丈夫去世後，我日間的生活工作已經全部回到老家大本營，晚上則仍然繼續跑到小公寓去過夜，一方面因為入住金反正拿不回來，二則一時也還不慣獨守夜園夜屋，小小公寓隔牆有耳有呼有應，跟我以往住慣了的學校宿舍沒有兩樣，有安全感。心想，那只寶貝碗最好也拿過來伴我一起寄宿，夜夜親自看守，以保安全。萬沒料到，碗搬過來沒幾天，夜間誠然無恙，卻在光天化日下破在輕輕抹塵布之下。

我給好友回信，詳述破碗慘案始末，咀嚼前後細節至此，忽有所悟，這怎能說是意外啊？不，這絕對是個時間空間拍合的約定！所謂「與死亡有約」、英詩裡的rendezvous with death就是這個意思啊！

碗破不是意外，是設計，是個仔細包裝過投寄有人的郵包，裡面還夾著一封家鄉來鴻啊。我一眼認出了信上那幾分震抖的筆跡，筆者是年暮的傳道者。「……生有時，死有時。……尋找有時，失落有時。保守有時，捨棄有時。……萬物各按其時成為美好。」

我明白了，這是叫我快快起來梳頭洗面，像大衛王一樣。兒子病重奄奄一息時，大衛終夜躺在地上哀求，到人終於斷了氣、死定了之後，大衛反而起來梳頭洗面沐浴抹膏，進殿裡敬拜。

「各按其時」，還有甚麼比這幾個字更能定義短暫？定義永恆的反面？一切時間空間裡的美好和祝福，本來只是由永恆家鄉遠遠飄來、矇矇矓矓的一縷炊煙，一縱即逝，所觸動的鄉愁，無可解釋深不見底。那無底的深洞是為永恆而創造，只有永恆能填滿。「克隆」（clone）是現代人複製的絕技，拿來增產牛排尚可，拿來捕煙捉影複製短暫奉為永恆？知不知道如此產品叫作木乃伊啊！莫忘飛蛾撲燈，我警告自己。

於是一鼓作氣跑去尋得那位懊悔不已的女工，告訴她那只破碗我不預備計較了，算是送給她的新年禮物吧。回到房間正在自我佩服的時候，不意「新年禮物」這幾個字又突如當頭一棒，敲得我滿天星斗。

我驚心的發現，連年新年，新年大吉，新年禮物乞勿再題！我隨即又給朋友寫道，你看，新年是我的大忌！所有厄運都是新年，次次送急診是新年，癌訊是新年，最後連人亡碗破都是新年！這些朋友最懂醫治有時殺戮有時各按其時之理，這次不再同我婆媽，而是把我教訓了一頓。

其實我還算是個有水準的人，不訓都可以，因為信一發出，我便已經覺察到自己三姑六婆，自憐自艾忘恩負義，很不耐煩的給自己打了一記耳光，無奈一言既入電路駟馬難追，只有咬緊牙根預備挨訓。

六七個隆冬，歲末歲首，難忘的然則只有災難？

盼雪

回到七年之前，我們費城重訪之行歸來後的那個冬天，景色絕佳。先是來美之初，我一頭栽進了北國麻州。從未見過雪的人，不見則已一見驚人一步登天。新英格蘭隆冬淋漓盡致之日，天上彷彿傾下了一倉鶴絨，白絨翻飛遍野飄茫一片。雪絮覆蓋之下，低樹矮叢，好似一群群白毛茸茸、彼此依偎的羊群。連校園巍峨古木傲天的樹梢，亦一一俯首垂枝，默默負荷著積輕成重的雪白。

我這南國來賓在宿舍暖室之中舉目觀望，好似示巴女王看見所羅門王孔雀開屏、登上聖殿台階時那樣驚艷得神不守舍，不信愛麗絲能遇更奇之景。

之後到了費城鬧市，田園不再，雪景淪為交通的障礙、公車進出的艱辛，很快便忘記了美景曾經讚嘆曾經欣賞。

再後越走越南，來到別號「松州」的北卡，果然滿目皆樹松林處處。大雪降臨，青松捧雪，亦別有一番風味，可惜雪下得不多，大雪尤稀。可是有時意想不到，將冰代雪卻是北卡一個不俗的景觀。天時地利拍合的話，幽林一夜雨，全林冰封，一草一木一枝一葉無微不至地嵌在冰晶之內，整個園子頓成海底奇觀、玻璃珊瑚的世界，人間絕景，比雪景尤勝一籌。

但是冰景我雖嚮往，卻不敢盼望，因為代價太高了。丈夫就是在一次如此冰晶燦爛的清晨，賠了新車折了骨。自此本人談冰色變，車禍之後、我堅持買部四輪傳動善於踏雪的新車，替代報銷了的一部。只是北卡雪少而冰多，防雪不防冰的措施其實意義不大，但是急需壯膽的人凌駕邏輯之上、百尺竿頭必進一步。黑貓白貓管牠甚麼貓，能捉老鼠就是好貓，至於有老鼠無老鼠、統計老鼠，閒話少說，沒有一萬並不等於沒有萬一。

車買回後，我開始年年盼大雪。大雪卻加倍的姍姍來遲，一連多年都只灑了幾回小雪，像甜點上薄薄一層白糖粉末聊吊胃口；即使在雪不太多的北卡，這仍是相當破例的事。最後連經常要上絕早晨班得與冰雪肉搏、實無理由盼望大雪的丈夫都等得不耐煩了。挪亞造了方舟，洪水總不降臨，貽笑大方，掃興。

大雪沒來，但是待雪期間風災倒來過一次，亦是本州破紀錄、幾十年不曾有過的熱鬧。風臨之夜我們依囑抱枕擁被搬到地下室去睡覺。通宵達旦，隔著兩層樓、兩層天花板都能聽到，房頂上大樹折肢斷臂的淒厲聲。次日全城樹橫遍野，大街小巷四不通八不達，除了醫護必須，全區居民禁止出戶強迫休假一天。那陣子丈夫剛開完腿刀，必須回診及時展開物理治療。往醫院的路上，連我們的「方舟」在內，車子共只兩部，彼此都小心翼翼、誠惶誠恐的蝸行在厚盈半尺以上、落松的殘枝敗葉上。透過窗玻璃，陣陣松香撲鼻而來，我們連連深呼吸著這天災餘香，是個十分新奇的感覺。

是次我們一帶的林木損失空前慘重，還算是非常幸運的。在電視上看沿海災區，水淹及簷。印象最深的是其中一間小民房，只有屋頂露在水面上。黑色屋頂上卻漆著兩個白色大字「Noah's Ark」（挪亞方舟），不是草率的塗鴉，而是工整而醒目的西洋正楷。我看著嘆為一絕，佳話到處宣傳：如此心情，我說，實在不能不佩服這些美國人。

風災之後不久，終於，我們費城歸來後的那個冬天，望眼欲穿的大雪來臨了。一來驚人，一星期內轟轟烈烈連續下降三場，最後一場足足下了十小時，補足多年來的空缺有餘，繼風災後又破了本州另一個世紀紀錄。積雪之厚，幾乎淹沒了我們那輛盼雪的方舟。住宅全區，車路草坪失去影蹤，家家戶戶白雪一片。我們沒有車房，方舟好似一隻臃腫的大白象，呆呆的立在無界的雪坪上，看不出這動物是我們的還是鄰家的。

我在家中太陽間的落地玻璃望出去，穹蒼盡白，玻璃之內聖誕紅和蘭花都在盛開，紅色白色黃色紫紅色一室的繽紛印在白雪上，樂得我又叫又吠又擺尾巴。美景久違，我不願糟蹋錯過片刻，遂將整天一切的習作通通搬到太陽間去做。雪光刺眼，看書寫字全得戴著太陽眼鏡。對我這戀棧暖室冬眠的人物，沒有比坐在玻璃後面，不冒風寒、而好景便輕易盡收眼簾更感幸福之事。

丈夫自然無此好命，雪一停，便得趕在入夜冰凝之前快快出去鏟雪，將方舟和車路挖出來以便次晨可以航行上班。幸而丈夫跟我完全相反，我的好命他沒興趣。勞動是他的一大樂趣。

大雪停息之後，丈夫自然又是照常高高興興的出去營活。何止高興，簡直是喜出望外，因為這是我們置買了方舟之後多年來首次真正可以派上用場可以表演的機會。我目送著丈夫那熟悉的身影，手執雪鏟，草綠色風衣、黑褲黑靴、黑帽覆蓋雙耳，一步一步的踏著厚雪向方舟跋涉過去。凝靜的雪地上，那身影是唯一的動點，影子背後逶迤拖著一行踏出來的雪洞。積雪輕厚如棉，人又穿得臃腫，走在其中搖搖擺擺，免不了偶爾側腳，其腳一側，不倒翁馬上又站起來了，我看著全不介意，只覺有趣，心想，像不像極了小熊維尼寶寶！

並不知道，我是在觀看丈夫最後一次勞動樂的背影。

春望

淋漓雪景在我們這兒是靠運氣，可遇不可求。春艷秋紅卻是年年按時報到永不失約。我們且得天獨厚，秋天不一定非得開幾小時車跑到大霧山去，同遊客你擠我擁同湊熱鬧不可，遠近知名的大學公園就在我家附近，五分鐘即到。繞著園中湖邊漫步與世無爭，靜觀紅楓印天蕩水，不亞於大霧山上的景色。即使不是紅楓季節，平常冷暖宜人之日，晚飯之後，我們不時也會到花園去，做我們的健行運動。有時興到，又幸運買到紐約運來的粽子，便帶到湖邊去野餐，看鴨子泛水。

春天呢，就連花園都不必去，自家園子就夠我們看。

當初由學校津貼頭款才買得起的小小住家，我們一住四十年不思升遷，原因除了沒有進取心以外，還因學校原先劃給教職員興建住宅的地段，本是森林系多餘的天然林地。我們小小家園得天獨厚，大大小小的白狗木星羅棋佈，得來全不費功夫。有林就必有鳥。樸素輕巧閃出閃沒的歌鳥固然不少，穿紅戴藍頂著個龐克頭、停在枝上搔首弄姿的也有。白狗木是我們的州花，「紅衣主教」（鳥名）是我們的州鳥。

入春，萬物復甦處處啼鳥，先花後葉的狗木，赤條條的枝椏上滿樹皆花，這些純白仰天的單托花瓣，在微風中抖動，晨昏日暮曚矓中、妙肖群群翩翩飛舞的蝴蝶。年年春回，天起涼風，亞當夏娃在園中行走，聲聲答應著創造之主的呼喚，在地若天別無他求。

當初入住時美中不足者，狗木雖然繽紛，可惜全部聚集在後園，前園一株也沒分到。丈夫馬上心生大計，商諸鄰里，不料人人一致宣稱，野狗木移植不得的，一移就死。丈夫意氣稍挫但衝勁不減，反正移山是愚公的慣事，白擔幾擔泥亦非天大的代價。於是在眾人同潑冷水之下，愚公開始發掘後園的野苗：出洞入洞挖得滿頭大汗，洞穴超闊超深以保不傷樹根，出土苗根加護加工，大桶小桶，泡水又包泥。左鄰右里都笑他精神可嘉，語氣翻成中文就是，移植成功的話老子不姓史密斯。

我自然也無信心，只是此事即使目的不達手段亦也無妨。丈夫酷愛勞動，體力又充足，胃口又太好，吃了就必須消耗，消耗有益，管他移植的是空氣。別人打高爾夫球他掘地，人各有志異途同歸。反正打球我無興趣隨從，我反愛觀看丈夫大食大做的大樂，多年來我且養就了一個自娛的把戲。丈夫下班一入門，我必由廚房喊出去。

「累不累？」我問。

「不累！」答聲必定朗朗。

「餓不餓？」

「餓！」

這兩個問題我百問不厭，因為其人的回答可靠得像隻鸚鵡，非常滑稽。有時見丈夫在園中勞動，一身牛仔工人褲，一頂鴨舌帽，掘掘鋤鋤滿頭大汗不亦樂乎的模樣，我亦忍不住在屋子裡拍拍玻璃窗、招他注意，然後打開窗門鸚鵡對鸚鵡的打個招呼「累不累？」等等。斯人不一定抬頭，但是必定揚聲送來全然可靠的回答。這是我們二人幾十年來的長途電話。靈犀盡在喊話中，嗓門就是我們免費的手機。

有一次雨後，我坐在太陽間看書，發現落地玻璃外面黃昏霧靄中，低樹矮叢間、撲朔迷離浮浮游游的閃著二、三十隻螢火蟲。空前奇觀，我趕快拍窗想指給丈夫看，無奈他不抬頭，只是定了定神，傾聽是否有人問他累不累、餓不餓之類，似乎沒有，隨即又低頭繼續幹活。如此情況下，我知道平常的鸚鵡喊話是不夠效用的，靈機一動，打開窗門嚷道：「吃飯囉！」果然馬上抬頭。但是以螢火蟲代飯自覺有點抱歉，不過晚飯的確也快好了，不算騙人。

就這樣，自移植狗木開了個頭之後，園工便成了丈夫幾十年來的一大樂趣。不過確如鄰里所預言，狗木果真嬌矜，不曾夭折的果然不多，但好像是大難不死的都頗見後福，四十年後，雖然倖存不過少少幾株，但都肥肥壯壯，替我們前院的春景大增顏色。

冬至

四十年如一日，入春之後，狗木尚在含苞的時候，丈夫又已照常展開他的一年之計，修削樹木疏土落種施肥各從其類。勞作開始，我發覺丈夫的步履有點異常，沒太放在心上，因為自從一兩年前扭傷了膝蓋、做了修補手術物理治療後，始終未能恢復原狀，加上時好時壞的關節炎，亦已見怪不怪。可是到狗木盛開花開花謝之後，恢履不只不見好轉而且越加踉蹌。我開始不斷的從旁囉唆提醒，腳抬高些，別這樣拖出滿天灰塵好不好？

不久，丈夫自己默默開始走訪醫師。這是極不尋常之事。除了上次扭傷了膝蓋、非馬上求補不可之外，他從沒有主動作過體檢看過醫生，都是我從旁催來催去才敷衍一下。自動就醫，此舉異常，我開始擔心了。

醫生不是神仙，連醫生找醫生都是照常例由淺至深，先同保健醫師打個招呼，然後給補膝蓋的師傅看看，再給關節炎醫師打量打量，接力棒子一個接一個的遞過去。漸漸的我發現自己一面囉嗦、一面不知不覺同時伸手扶持；也不知是何時開始，二人以往的牽手習慣變成手執臂挽。我告訴自己，老夫老妻強弱相通、湊合湊合是自然發展規律，不足為怪。但是很快的，丈夫的腳不夠活力連車也不大敢開了，上下班改我接送，看醫生我亦陪同。越來越明顯，問題不簡單。

我雖不是醫生，但是亂七八糟的雜誌看多了，樣樣都似曾相識。保健醫師膝蓋醫師關節醫師一一搔首時，我說，會不會是帕金森？人人都說有這可能。我得意自己無師自通，之餘，已經開始同自己做文章。帕金森雖然可畏，但是並不危在旦夕，我自我安慰道，看教宗老人家，看葛培理，不都同帕金森和平共處了十幾二十年了？看上去不還是好好的？最重要是盡早盡力開始抗戰。

就這樣我已經正式向帕金森開始罵陣。腰挺些步正些好不好？我不斷的諄諄催促老先生。拜託拜託，我說，別像醉酒佬那樣拖拖拉拉、一腳高一腳低的好不好？

所羅門王將女人的喋喋不休比作連連滴漏的房子，獻議男人搬到屋頂上露營去以徒耳根清靜，這實在是人在福中不知福啊。喋喋之所以還未休表示對你還有希望。到有一天希望如斷線氣球、在空中霹靂炸掉的時候，簧舌擔保馬上中斷。霹靂必然導致目瞪，目瞪必然口呆。不過不得不承認，妻子的「目瞪口呆」都是為時極短的休止符。所羅門是對的，為夫的有生一日，太太的噪音這東西可真的是野火燒不盡春風吹又生。凡事盼望，盼望誠然可以斷斷續續越縮越小，只是盼望一天猶存，嘴巴永不能止息。蘇東坡的妻子終於無言，是因為死了。但是妻子的嘴巴這東西連死也不一定干休，且看楊貴妃，在蓬萊宮中仍然不忘殷勤重寄詞。可見天長地久，此喋實在是綿綿無絕期啊。

＊　＊　＊

喋喋之餘，終於跋涉到了一位資深神經科那兒。那老教授敲敲打打、叫這位同事病人東南西北的看他的手指、摸自己的鼻子、甚麼甚麼的指揮完畢之後，吩咐病人在室內來來回回走給他看。丈夫身子一歪的時候我馬上習慣性的伸出手來，老教授在旁卻一動不動，撟著雙手一副推敲的表情，客觀之極。此君科學有餘EQ不足，我不禁馬上給他打了個丙等分數。然後等病人走不到幾步，教授幾乎是勝利式的宣布，絕對不是帕金森！他說，幾分嗤之以鼻的表情！我更加不高興了，別的醫生都尊重本人的意見，我已經做好了診斷、只等他打印而已，此人居然不賣帳，馬上將他的分數又減到丁。

這老童軍不講廢話，句句誠實直截了當擲地有聲，接著幾乎是拍著胸膛的擔保，丈夫的病就是甚麼甚麼多發性的腦神經衰退的疾病。一聽見「多發性」，我心馬上跌到了谷底。

事因多年之前，聽過英國已故大提琴家杜普蕾女士演奏舒伯特鋼琴五重奏，印象至深；之後，每逢那熟悉的〈鱒魚〉主題曲不論在何處響起，我腦海裡馬上就會浮現這年輕女子搖頭擺腦鋸拉著大提琴、喜形於色的起勁動作。沒幾年後聽說杜女士患上了多發性硬化症，從此絕跡樂壇。其時，我查考了一下這病症到底是怎麼回事？明白之後極替她難過，心想，此疾無異於「逐寸行刑」也，情何以堪？此時丈夫的病名既與大提琴家的病症同姓，都姓「多發性」，自是親戚，大同小異，心不忍想。

不錯，老童軍接著向我們解釋，症狀同帕金森是很多相仿之處，所以時被誤診，但絕對不是同一病症！帕金森有藥可吃，這病仍無藥可用。到此我真能明白為甚麼毛主席要右派的命，亞哈王要先知以利亞的命，這衝擊實在太大了。躲避惡訊最速之法、絕對是叫報訊人的嘴巴即時落地。

我沒有生殺權，但不無意見。明知班門弄斧難免討人厭，不免結結巴巴，但還是鼓起勇氣試問，可不可以姑且試試帕金森的藥？這是因為我看了一點有關帕金森症的資料，說是好幾種腦神經疾病不易馬上就審決，一個辨識的方法是試用帕金森的藥，看看有沒有功效。這老童軍的反應不必細說，反正也在我意料之內。因為多年來丈夫工餘回來經常享我以一些醫院軼事。我知道，各科有各科的英雄人物，一張嘴要得。聽說有一次兩位同事開會時辯論，甲說這是A病，乙說不一定，還得做個甚麼甚麼檢查照個甚麼甚麼鏡才可以斷言。甲說，奇哉怪也，看到貓頭還得摸到貓尾才知道，啊，原來真是一隻貓哦！

好笑的是，以前從沒想到過站在老鼠的立場，原來醫生才是貓，白貓黑貓，管牠甚麼貓，反正捉老鼠捉得越慢越斯文越是好貓。我就是需要找一隻肯同我這隻老鼠打太極的好貓，一擒即中太過不講鼠道。如今想想萬物之靈的人類實在好笑，風平浪靜的時候，誠如莎士比亞的哈姆雷特王子所驚嘆的，多麼的了不起，多聰明多智慧多醒目，像神像天使，然而風起雲湧一懦弱起來，不是塵土中之塵土是甚麼？王子是貪死怕生，我是貪生怕死，原來同出一土全無兩樣。

從來沒發現過如此奇事，世上居然有人像我那樣，渴望得到別人談虎色變的帕金森症。愛因斯坦的相對論果是至理，行諸四海皆準。原來對就要削掉兩隻耳朵的人，少削一耳就是夢寐以求的喜事啊。平常自鳴得意不知感恩的萬物之靈，原來一夜之間是可以退化成為要求極低的可憐蟲、單細胞動物的啊。

＊　＊　＊

我們夫婦二人，面對挑戰，反應一貫各有不同。丈夫碰到高山，正眼先打量一下山峰山路；之餘，便在山路入口處收集各式地圖仔細研讀，然後沉著步子繼續前行。他時常堅持，信主之前他絕不是那樣。莫非信主之前像我那樣？豈有此理，我自出母胎便信主，比他資深得多。雖然冷靜的時候，我也明白，我們的分別在於他渴慕坐主腳前如鹿渴慕溪水。他飲溪水的時候我大多在狼吞天下百科。我也實在是佩服他那份平靜安穩，但我仍堅持，這是因為他少條神經，而本人則是得天獨厚，神經又多又優質，舉一反三，山路地圖不看而喻，馬上就已心跳頭痛領會有餘；所以地圖一來，進化階梯上比較高等的動物就會馬上自衛，扔掉眼鏡，地圖非禮勿視。

丈夫馬上就接受了老教授的斷症，並沒有我那迴避僥倖的心理。他回家後自己將病症研讀完畢，平靜的告訴我，這病好比這些蘭花，指指我家花枝招展在朋友中頗負盛名的一群蝴蝶蘭，欣欣向榮時耐久得出奇，但是凋謝的過程一開始便是無可抵擋。我不作聲，也不發問。他明白我靜默的意義。

當醫生宣判是「多發症」時，我心膽消化之餘，亦只泛泛的探問了一句：「這疾病的進程是不是同多發性硬化症相仿？」我問。多發性硬化症就是那位大提琴手的惡疾。

「是的，雖然病因不同。」老醫生這次頗為恭敬，像是希奇我對疾病頗有概念，分明以為我聰明，沒猜到這是因為我的勇氣就只這麼多了。我不多問，他也沒再多講。

其實今日資訊發達，幾乎沒有甚麼學問是不能找到答案的。本來尋找答案一向是我之所好，有時光是查考推敲衡量一兩個字，可以花上一兩小時，不只不以為麻煩且越尋越樂越有味。唯有丈夫的病，我刻意不去查究。直到去世之後，我才上網清查這病的乾坤始末。這病云云，病程病徵果然酷似多發性硬化症，包括筋肌萎縮無力、抽筋，失去語言能力行動能力如廁能力，吞嚥困難呼吸困難，眼球漸失轉動機能，視力衰退以致於失明等等等等。兩者最大的不同，多發性硬化的病程反反覆覆時好時壞，病人有時可以活很久，也不一定需用輪椅，丈夫的病類則是直線下坡，病徵有增無減，本標兩不治；病發年齡三十多至七十多不等，病人平均壽命五至七年半。

核對來路。果然不錯，頭尾六年，原來真的是走過了如此這般的一段路程。我是個性急的人，一向最討厭考試準備好了，老師卻臨時宣布延期。必要時我或可面對砍頭；如果刀夠快的話。可是逐寸行刑？也罷也罷，說不準一樣能面對，出師未捷身先死，當場就嚇死了嘛，如此英雄我做得。回首全程，竟不曾休克仆倒半途陣亡，是怎麼回事？詫異莫名。然則祕訣就在「逐寸」的一個「逐」字？路是逐寸逐步的走，養生的嗎哪是逐日的撿；真的撿不動的時候，原來有烏鴉逐隻從天而降、啣餠啣肉逐口來餵。回首來路，禍福居然活像一雙兔子，撲朔迷離，兩兔傍地走，雌雄難辨。

換言之，以上所列病徵過程完全是事後上網回顧之明，當時我絕對拒絕正眼仔細研讀求知。既是無藥可醫，也就沒有甚麼醫療過程需要去奮鬥配合，於是病程細節，我便克意迴避不聞不問，不讓自己預簽收條。路途崎嶇，知道就夠，要來的來到再說，懸崖絕壁何必未見先卜拿望遠鏡去照，未曾起步已經嚇死。死於非命，我最不贊成。

又換言之，勇氣我沒有，常識有餘，自知之明有餘。三十六計，趕快插翼申請入鳥籍為上計。鳥權天賦，天生天養，從來沒聽過麻雀要交膳費的。對不起，莊稼白吃隨到隨吃，不種不收就是不種不收，天父沒降此大任於斯鳥也。作一日鳥兒飛一日天空吃一天天糧，自知膽小，三堅決四拒絕，莫讓動地而來的喧天鑼鼓嚇垮了翅膀，一起飛便摔進了人類共和國的炸鍋。

聖誕樹的故事

笑，如何泡製得來？除非真有好笑之事，除非可喜可樂免費供應，垂手可飲，除非笑從天降。

話說丈夫某冬凌晨上班，冰上飛滑，車亡人傷之後，咱們買了一部四輪踏雪車。之後唯恐天下不亂，年年盼大雪，年年落空，造好「方舟」只見毛雨，貽笑大方，掃興之至。如此幾乎長達十年之久，直到得失早已置之度外的時候，卻在我們重訪費城舊地歸來之後的冬天，忽然大雪驟降，淋漓盡致不亦樂乎，「方舟」橫衝直撞大演身手，終於得以雪恥。

沒想到這難得的大雪，姍姍來遲，但是不來則已，一來三年之內一連暴降兩次，第二次的轟烈尤勝年前。

兩次大雪雖然事隔只是短短兩年多，但我們夫婦二人的生活卻已桑田滄海，人物轉了角色，舞台換了布景，完全變更了步調。

前次老家的積雪亞當去剷，本夏娃玻璃門裡坐著觀光。這次雪臨的時候，亞當已經由模範勞工退化為太平紳士，腳套一雙京大人布鞋，敦坐輪椅之中四肢不再勞動。本夏娃，除了主母一職外復兼任了使女夏甲的角色。前台，草裙皮衣穿戴整齊時，夏娃仍是夏娃；後台戲服一卸，就成了使女夏甲。雖是二職一體，但因夏娃的角色演得太過逼真，後台丫環夏甲屢遭前台主子毫不含糊的鞭笞主使，庸工二年後，差不多已經到了筋疲力盡奄奄一息的地步，不時便躲到曠野去、抱著一只乾了水的皮袋呼天。

人窮，力不一定夠出，無上策卻不能沒有下策，這就是罷工的由來。所以這次大雪降臨之前，夏甲為著自保，不由分說馬上將夏娃趕離伊甸園，監禁在外面客棧裡，行將降落堆疊的積雪，強迫主母眼不見為淨，以免她見雪思虐，不由分說鞭笞夏甲去剷掃，兩敗俱傷。

不過事實上時至此日，將夏娃驅逐反鎖伊甸園之外已經不是難事，因為年前亞當已經揮一揮衣袖，毅然捲蓆而去，不留下一片雲彩了。夏娃情急智不生，草裙赤腳的在後面死追，邊追邊嚷；越嚷，亞當走得越快，而自己亦早已追到無氣亦無力去回顧伊甸，更沒空檔像羅得夫人那樣停腳扮鹽柱。

換言之，第二次大雪光臨之時，丈夫已經不再回家、無能再回家了。我們生活的重心，已由老巢轉移到離家不遠處、一幢大樓中的一處小小的護養公寓裡。

第二次大雪開幕，大雪欲來未來天黑地暗之際，夏娃正在這小公寓的玻璃門內，張燈結彩裝飾著一棵聖誕樹。亞當在後面，坐在輪椅裡默默觀看。

回溯當初，應節的顏色除了心血來潮，為自己打打氣之外，有意無意，亦是我們對新遷進的老人社區一個小小的貢獻。事情是這樣，自從兩年前住進了這小社區中，因為丈夫迅速失去最後的行動能力，講話也越來越艱辛，新鄰居們的各種邀請，社區裡的一切活動，我們全都謝絕。之餘，不無歉意。於是借聖誕佳節獻上一株聖誕樹，意在附和社區的喜氣，聊表一點團體精神。

聖誕樹不大，僅與公寓的玻璃門齊楣等高。但我們的公寓位於大樓頂層四樓上，且面對正門大閘，晚上門廉掩映半開，樹燈閃爍居高臨下，夜行人無人會錯過這一樹的光芒。果然，一個佳節下來，讚賞稱道大有其人，用心不曾白費。

但聖誕樹之設所隱含的這一些動機和意義，可都是追憶的時候才領悟的，當初我們將樹扛回小公寓時，並不出於任何先見之明的計畫，而純粹是個偶然。

聖誕樹的故事說來話長。

學跳舞

在本城定居幾十年來，我們最方便、最喜歡、也最常光顧的購物處，是離家不過五分鐘叫作「城南廣場」的室內購物中心。室內場地作長方形，店鋪沿廣場四周分上下兩層，廣場中間栽有花木設有檯椅供人歇腳憩息。上層店鋪，店前是一圈繞場的人行通道。通道懸空，外圍籬以雅緻的鐵欄杆。憑欄下望，花草樹木店燈琳瑯，令人心曠神怡。這圈通道，是附近健行人士常去之處，尤其在冬寒夏暑之日，通道上經常可見三三兩兩一身運動衣的人正在埋頭疾行。

我們從來不是其中一員。乃是到丈夫不能回家之後，才想到也拿商場作避難所、俱樂部、運動場的。

雖然丈夫一向酷愛運動，但繞著商場淨是走路走個幾十分鐘不是他幹的事，他喜歡速戰速決不到十五分鐘就滿頭大汗的活動，因此他是大學醫院附設健身中心多年來的忠實會員。每天下班，先到那邊報到，跑步舉重舉個痛快才氣呼呼的回家。

健身中心按運動人士不同等級的健康狀況，發給不同顏色的掛章作記號。丈夫一向是綠色，頭等，就是甚麼運動器材都一無禁忌，動所欲動為所欲為的一級。最差的一等是病人，不只有垂頭喪氣爬行的，還有被醫護人員扶著、氧氣筒緊跟著的。難以逆料的是，作為健身中心註冊會員多年的最後一年，丈夫還不疑有它，到了週年便照常繳費，不意還用不到三兩個月，他便迅速失去平衡不能再走直線正步，繼而開始延醫，過不多久也落至被醫護人員扶著重新學步的行列了。

而且學步徒勞。徒勞無功倒並非一開頭便已預料的。人生幸好如此，否則立了志向考狀元，卻早已預知名落孫山，還有毅力挑燈夜讀嗎？想想看，不曾希望過、不曾奮鬥過、不曾在燈下讀過好書、不曾嚐過手不息卷的滋味，作人還有意義嗎？

回顧丈夫疾病過程，尤其發病之初，密集受醫，由一個治療課程送到另一個治療課程。專家們一個教動口一個教動腳，幾乎四肢百體每個器官都有一個專人管理似的，現代醫學真令人嘆為觀止。我懷著父母望子成龍的心情，一會送去學彈琴、一會送去學畫畫、一會又去學跳舞，車夫學人雙雙忙得不可開交，但是因為盼望殷殷於是樂此不倦。不只如此，連我們的手足友好也都捲入了漩渦，不斷的熱心配合，啦啦助陣。

先是朋輩紛紛參議，我們一住四十年的老家，是身壯力健年輕人的房子，對老殘人士絕不相宜；不只到處都是樓梯，連入門都要登磚階兩級，且是徒手上落連扶手也沒有。後門雖是平地，卻沒有助行器能走的水泥路通入。一切的一切都要速求補救。大夥替我們議決了兩項方案：第一，前門豎鐵欄杆；第二，後門鋪水泥路。無奈一翻黃頁打電話，一問三不幹。原來兩種工程都需密集人力，芝麻綠豆的工程一律免談。

好友們不甘心，分頭在各自的住宅區、街頭巷尾的巡行觀望。皇天不負苦心，一位朋友遇上了兩個工人正在替一家人鋪水泥車路，另一朋友找到一家住宅，門前台階有小巧的鐵欄杆，叩門請示，拿到了一個家庭工廠規模的地址。

我們這廝守了四十年的房子，越住越習慣越是理所當然，從沒想到有何需要去討好它，幾乎從未造過甚麼值得一提的裝修打扮。如今這兩項小小工程、是我們老巢破題兒第一遭的出頭天事件，大家都同我們一齊小題大做的企盼一番。

水泥人行道原來工程雖小，天時氣候卻都有講究也真頗費工夫，難怪正式公司不肯接受。兩個工人個多星期慢工細活之後，一徑小路繞過叢叢杜鵑，由車道接到了後門，不只殘障人士可以通行，連我們的後園亦因此整齊了不少，使我們士氣一振。

至於鐵欄杆，所謂的家庭工廠其實是荒野地區的一間破屋，破銅爛鐵滿屋都是。亂堆中央坐著一個老頭。老人劈頭就宣告快要罷廠關門了，家傳生意做不下去了，因為承繼的侄子不務正業，成天只顧打電動遊戲。老頭不讓我們打岔，必須聽完他的才輪到我們發言。最後我們終於道出了來意，老人無可無不可的接受了我們的委託，難卜是凶是吉，但是此外亦無別法，既託之只好安之。

約定之日，朋友前來協助監工。老頭也果然如期出現，尾隨一個胖少年，替他扛著一對切割整齊燒打好了的鐵欄杆。

「這就是我的video nephew，」老人指著胖小子介紹給我們。我點點頭，打量了一下向「電玩侄子」，年輕力不壯，氣喘喘的，實在是希望不大。

沒料到叔侄倆合作得還不錯，工程造得差強人意，漆黑欄杆結實而牢固，不偷工不減料。欄杆裝好之後，我們的前門居然也大為生色，越看越喜歡。是日當丈夫由保健中心運動回來（此時他剛開始幾分歪步，但仍不影響運動），扶欄上階快步而穩當，我一歡喜，要他站在台階上，等我去拿照相機。

照片上漆黑鐵杆前其人挺身而立，鮮紅色短袖T恤，深藍色短褲球鞋，不知隱憂的話絕對仍是一條好漢。只可惜沒多久，好漢扶欄亦不能再上階，最後一次居然整個人滾了下去，像兒歌裡從圍牆上摔下來的雞蛋哥兒。我衝上去扶持，二人在地上翻滾掙扎，像打架又像日本的大力士在相撲角力。好傢伙，我說，「不倒翁」變成了「必倒翁」了，聽起來倒也差不多。

* * *

與此同時，治療師便是越加密集的給丈夫作步履訓練治療。每次去上課，報到完畢，我便坐在門外走廊的椅子上等候。學行運動有時是在走廊上進行。我看丈夫被扶著來回慢行，步履忽快忽慢不大能控制，但一副全心全意全力以赴的樣子，就像從前開夜車考醫牌那模樣。偶一歪腳，治療師立刻猛一下拉著病號的帆布腰帶，這才不致五體投地。我看不論老師還是學生，這口飯都不容易吃，吃的是力，吃的是能耐。

一天丈夫快要完結治療課程時，治療師出來同我交待，說是要我們下課後留步稍候，她要跟我討論買輪椅的事，並要跟我們下到停車場去看看我們的車子，訓練我們二人上落的合作。我黯然領會，不只步伐回不來，連助行器的好日子亦行將成為過去了，我們已進入了輪椅的階段。

治療師轉身回室之後，坐在我旁邊輪候的一位病號女士，好奇的打量著我。

「我好像認得你的，」她說。我禮貌的笑笑，覺得沒有可能。我從來沒遇見過雙腿都一同殘缺的人，而且肢截幾乎上及臀部，連正眼我也不大敢看，如此的形體我若是看過怎麼能忘記？

「我們同一個教會聚會的。」她笑著解釋。

「主日崇拜，你們坐在樓上，我坐樓下……」

這倒沒錯。本城中國教會成立之前，我們一直在同一美國教會聚會三十多年，連華人教會成立之後我們仍捨不得離開，上晝下午兩邊跑。老教友的座位似乎都是訂下來了似的。我們從來都坐樓上，為的是躲避樓下大堂裡，高頭大馬美國人的遮擋。

凌空聽道，目明，隨之耳亦較聰。久而久之我們不只坐樓上，且不知不覺總是同一位置。坐樓上，又是東方人，目標自然大，全教會都認得也不希奇。可是大堂樓下坐著一個在輪椅裡的女士？我實在想不起來。不錯，坐輪椅的人偶然也有，但似乎都是男的。

女士治療的時間在即，我們沒空檔談別的，因為她似乎抓緊時間，一心一意只想速速將自己應付殘障的經驗傳授給我，讓我們前路走得容易一點。她看我身材如此單薄，認定我不只難以扶持病人，連將輪椅抽上抽落運出運入也成問題，建議我考慮像她那樣，買一部麵包（廂型）車裝上輪椅上落軌道的設置，讓病人自食其力。最後輪到她上課時她言猶未已，匆匆的將電話留給我，囑我有何疑問隨時打電話給她。

回家的路上我逐漸想起來了，不久前教會代禱事項似乎是有提過一位遭遇車禍的姊妹，但人多教會大，疾病是家常，車禍也不罕，往往我若不認得當事人的話印象就不大。如今面對面見到真人之後，我才慢慢的想起那人是誰。名字仍然不記得，但是形象就逐漸鮮明了。那愉快的面孔俐落的短髮，一身長裙苗條腰姿，三十多不到四十歲吧，不就是主日崇拜歌唱完畢，兒童退席去上主日學時跟在他們後面的那一位老師嗎？原來遭遇車禍的就是她！禍殘竟然至此！

然而最是令我震撼的卻是，算來事發只是幾個月之前，剛才那張笑臉，不見絲毫傷感絲毫自憐，那一心一意只想現身說法幫助我們的人！默默然我心敬畏，驚異是何等恩典！

女士好意，然而她有所不知，本人的開車水準，僅夠駕馭一匹小牲，漫步於方圓大約三哩的牧場之內，僅夠解決三餐草食而已。叫我去開麵包車，無異等於將我推上一部坦克車，叫我衝到前線去敢死，可以想像車到之處車仆人倒敵友同歸於盡。深知我技的老朋友們，聽了女士的獻議，亦認定不在考慮之列，正中儒夫下懷。作罷。

誰也沒想到兩年之後，當我們將聖誕樹由商場扛回小公寓去時，用的卻是一部麵包車。只是此麵包不同彼麵包而已。

侏儒兄弟

與女士會晤之後，好一段時間，我們仍舊使用我們的老車子，問題不大。那時丈夫還能由乘客座上站到地上，手扶著門窗等候輪椅來乘接。我亦不用將輪椅抬上扛下，憑的是頭等華人的智慧。教會手足中有一位人人生活顧問。我的難題必定先商諸於她，連她都無法可施時再想別法不遲。

輪椅抽不起來嗎？麵包車不敢開嗎？呈報顧問，三兩天功夫姊妹居然就用一方零碎木頭、加一段老皮帶，替我敲打出了一個小小機關，將摺疊起來的輪椅前輪二夾成一、夾緊夾直。如此後輪不必離地，輪椅不必抽起，只需舉起前輪像小狗上車前腿先入一般，一套便套進了車子後座地上去了。

病人失去了翻身的能力，睡到床沿令人捏一把冷汗，擔心有摔到地上的危險嗎？顧問說有辦法，人上床躺好之後，三四塊切菜膠砧板套在床沿床褥木架上兜著不就萬事無疆了。姊妹諸如此類的機智，使我們湊合湊合著又度過了不少日子。

可是最後，丈夫是越來越無能再從偏低的一般車座上起立了，我的力量也不夠將他拉拔扶起。我洞悉，若不趕快設法，他很快就不能再出家門的了。

與此同時，一天早上丈夫告訴我，昨夜做了一個惡夢。甚麼夢？很想寫一封信給你，他說，但是怎麼樣也拿不住一枝筆（這也是他最新面對的事實）。我說，這沒甚麼，我的文章寫得比你好，我替你捉刀就是。但想想事實上我也難以替他捉刀，因為並不真知道他的尺牘風格。我們好像幾乎從來不曾需要寫過甚麼信，他要說話我想吵架聲音大一點就得，對方似乎頂多隔房而已。我們是愛麗絲童話中那一對侏儒兄弟，特威達（Tweedledum）和特威迪（Tweedledee），兩件一套買一送一，因為兩個人只能當一個人，甚至只能當半個人使用，一個人開口一個人打手勢，一個人開車一個人看地圖，然後兩個人一起迷路。

換言之，我們加起來只是一個原始單細胞，任何突變都是關乎物種生存淘汰的大事，不能掉以輕心。不錯，適者生存不適者就對不起了，但是人事得盡，不得已的話再接受現實不遲。

我們結婚之後，除了早年三兩次因我還未完成學業需要上課之外，丈夫幾乎不曾單獨出過門。他一切的考試和出差都一定要我隨行，因為懶得記自己正在去那兒。而我最大的恩賜就是在旁每十五分鐘報告一次他正在去那兒、此刻身在那兒、下一分鐘得出現在那兒。正因如此，我們也就幾乎從來不曾試過一個人出門、一個人留守家中，且也沒有這必須，因為我們沒有孩子。不過照計，單獨在家要比單獨出門簡單，不需要那麼高的智商，而且丈夫性情嫻靜，不出家門應該還可以罷。但是當我這樣左右思量的時候，忽然覺悟，不出門不只是從此謝絕一切友輩活動，也意味著從今以後也不能再出席教會聚會了。

記憶猶新，丈夫漸失口齒下決心不宜再教主日學那一刻的表情，只有在旁看了他三四十年，每天晨昏日暮工前工餘，如何手不息卷津津有味的鑽研備課、打講義、畫圖解才能領會。揮別了事奉行列，現在連聚會也不能再有份？我頓時意識，我不再有選擇，這一條生命線一定要替他搶回來。

＊　＊　＊

買麵包車的決心下定之後，諳車道的老友便帶著我們二人走訪各家車行。每到一處，找到候選車型，先觀車子的塊頭，第一印象就令我見而生畏立即縮回到蝸牛殼裡的，免談。大小似還可以的，先試病人就座和起立的高度；其次，由我實地測試輪椅上落的可行性。

每到一處，聽完我們獨特的需要，侍候我們的售車員自然都得花好些時間同我們一起折騰。看我那副雞手鴨腳，甚麼車子都大驚小怪喊大的德性，也明知折騰一番之後可能也做不成生意，但是出乎常情之外，幾乎沒有一處的人不盡心幫忙，尤其有一位黑人，對那舉步維艱行動緩慢的病人不單耐性，且是愛護有加，彷彿扶著自己父親似的。最後當我們又是失望離去的時候，他還同情的說，希望你們下一站運氣好些。

出來的時候碰上了他的上司，我實在不能不停腳告訴他，我是多麼的欣賞他們這一位員工。

如此這般一番之後，本人簡直成了那一年麵包車（廂型車）的專家，架架車子的長闊高深各式設備都能倒背如流了。可惜看是白看背是白背，合得升來不合斗，原來輪椅上落軌道的設置，當時也只有美國的大麵包才能安裝，小包車免談。

大麵包，不在鄙人可以考慮之列，全部淘汰，只有日本麵包進入我的複選。日本車車座較低，剛合丈夫的上落。病人身子只需向門一轉，雙腳就剛好著地，然後手扶車窗便可以站在地上等候輪椅承接了。然而對運輸輪椅來說，即使日本麵包仍然比平常轎車高不少，輪椅不提起來上不了車；再者，所有的麵包車，連日本麵包都不例外，後座滑門都很重，開關不易，長此以往都不是我可以勝任的，真是醫得頭來腳又痛。

尋車過程，朋友和我們耐著性子一家一家的走一部一部的試，盡了全力車子都找不著的話自然作罷，有求於自己的只是見步行步，不求看見遙遠路，只求一步一步的導引，自小如此唱過來，一生也都是如此走過來的。就這樣，在百試不中幾乎作罷之時，在絕無之中突然讓我們碰上了一部僅有的超細小麵包。不論牌子或個子，這一部麵包都屬三流，然而意外中的意外，小包有個上月才剛上市的新花樣，就是後座拉門居然有電動的選擇，這是其他比它大而豪華好幾等的日本麵包都還沒有的玩意，乃是到次年，電動車門才開始普及。此外，最重要的一點，這可愛的小包，雞立鶴群，車底唯其獨矮，我無力提起的輪椅居然仍可以以小狗上車式的攀前輪而入。這部車簡直就是按著我們二人不同的軟弱，量著我們的尺寸，跟著我們障殘的時間表為我們預備的。

因有這部車子，這匹為我們鞠躬盡瘁的好馬，以及一連串的義務馬夫、義務轎夫，丈夫的殘疾雖然每況愈下，直至手腳完全失靈，身子不能再轉，頭也不能再抬，最後連殘喘也難延的日子，不論冬冷夏熱，除了人在醫院的兩次，一切朋輩娛樂教會活動，無一例外，我們這一對侏儒兄弟不改往規，全部照舊一套兩件同進同出。

有一回，我這馬夫馬到溝邊沒有勒住，栽了下去，無馬可騎了，眼見丈夫這個全勤紀錄事在必破的當兒，馬兒又突然奇蹟般睜開半隻眼睛，甦醒過來再背我們一程。

這事發生在朋友家門外。我的車技雖差，但在老朋友的陣地退車我是退熟退慣了的，熟能生巧，不料巧極過頭，砰的一聲連人帶車摔進坑裡去了。走下來一看，車子內臟腸子從車尾漏出來了好幾段，狀至可憫，自然不敢再開，只好讓其待在原坑等到週末過後再拖去修理。

不巧次日是主日，崇拜聚會，丈夫第一次有可能缺席，不遲不早居然還碰上復活節的大日，心中真是自罵自怨懊悔莫及，回到家中只好向丈夫報告壞消息。不料，當晚卻收到朋友來電，說是有位聰明人忽然來訪，瞧見了我的坑裡車，像外科醫生醫小腸疝氣那樣，一手便將車的腸子推回車肚子裡去了，已經開到路上，說是暫用一兩天挨到週一再拿去修理沒有問題，就這樣，丈夫沒有錯過一次的聚會。

之後，丈夫衰退再衰退終於殘弱到一個地步，眼看人人馬馬、加九牛二虎都束手無策，行將到達愛莫能助不能不放棄聚會的境地了。

左思右想的時候，記起了當初賣輪椅給我們的殘障用品店，那是另一個給我留下好印象的地方。姑且跑去再看看，有沒有甚麼可行的新法沒有。果然，小小的店舖，輪椅積堆的旁邊，來了一座當年未見的輪椅升降機，據稱我們的小麵包車也可以容納，只需將右座拆除便可。聽了真是大喜，志在必裝，只是要等到次日大老板在時才能商討更詳更確的細節。

沒料次日前往，知我來意的老板一看見我便說：「這東西這樣貴，我勸你不要買。照我看，它的設計還不夠精密，你裝了可能會後悔的。」

這樣的生意人我真不曾見過。我說可以用就得，有不盡善之處我不怪他。

「我是可以馬上就替你訂，」老板說。

「但我還是勸你回家再想想有無其他辦法，不要那麼匆促決定。」

就這樣，我們仍然原人原馬，雖然力不敷用、非罷休不可的終局近在眉睫、指日可待，但是這不可逆轉的一刻，逐日苟延，直到丈夫被主接回天家都還沒有降臨。

這是後話，暫且先回到聖誕樹的本事去。

三隻盲老鼠

話說當丈夫不能再前往保健中心運動，我們終於加入了以城南商場作為健行場地之人的行列時，我們正是上述這一部麵包車的新車主。後來的聖誕樹也是用這部車子運回來的。

有了新車子，病人得以重拾一點上街出門的情趣，就這樣，我們開始了每天到商場去待一個時辰的生活。我們總在下午，消費大眾還沒有下班、商場仍舊清閒的時候前往。

商場樓上大公司門外，寬敞明亮廊道中一個小角落裡有張供人歇腳的舒適長椅，這便是我們紮營的所在。每天到步之後，先將行囊書物擱好在椅子上，丈夫便在附近地帶做他的輪椅運動。初用輪椅的時候，他雖已不能寫字，但兩手仍能粗用，仍能練習彼此配合，駕馭輪椅的行走和方向。好笑的是，唯一不曾預料的故障卻是一些好心人。美國護殘成風，輪椅一走近一扇門就有人開門把門，一走近一間商店行人便讓路，都以為輪椅中人要進店，沒料到老殘只是來運動。

無論如何，當丈夫做輪椅駕駛運動的同時，我亦獨自繞著整個商場樓上走道，也像其他來運動的人一樣做我的健行運動。每行一圈重經起點時，兩口子便打個招呼報個到，煞是理想。

到我完成了運動行程之後，我們便會退到書物所在的角落去，一個坐公家長凳，一個坐輪椅面對面坐著閒聊，同時也作些腦筋運動：背聖經。

本城華人教會前身的團契時代，丈夫心愛的職責之一就是帶領學生哥們背聖經。每週一節，每人發給小小練習簿一本，將大字報上寫的是日經句抄下，中英對照，各自回家用功，每季總考一次，分組比賽，大家都興致勃勃的背、興致勃勃的參賽。精彩之處，有一年個人冠軍居然還是位慕道友，一位腦筋特別靈光的博士班女同學。

丈夫自己更是以背經為樂，每天上班穿的白衣罩袍，前襟口袋總插著一兩張「每日天糧」小信息，並他正在背誦的經句。他過世之後，他的祕書女士給我們的牧師去了一封懷念的電郵，說是難忘每天中午進入陳醫師的辦公室，都會看見他一面吃三明治一面讀聖經。有一次云云，她自己的家庭遇到很多的難題，向他訴苦時，陳醫師聽完後靜靜的說「帶到恩主座前求」。這是一首詩歌，除了聖經，歷代傳頌的這些核心詩歌，是中外甚至普世信徒的共同語言。

領唱，團契另有高明，但背經則非丈夫莫屬。雖然如此，若要比賽，我可絕不讓他，因為我先天太足了，自小不只在主日學長大，而且孩提時代，母親便已將聖經中她自己最愛的篇章，同兒歌一起給我們唱熟背熟了。我們雖然年紀小小便都住校，之後，母親也就鞭長莫及。鞭不夠長，但這些幼時的誦唱，卻像剪不斷的線，風箏不論放到哪兒去，仍牽仍引。

乘著風的翅膀翻滾時，風箏自是洋洋得意，像我在一篇叫〈線〉的文中記敘過的，我曾因熟識聖經出過些風頭。但是時至此刻，當我們夫妻二人在城南商場的椅子上對坐，當風箏已飛不起來的時候，經句已不再是拿來裝扮表演的家傳珠寶，而是有典當價值、拿來救急的細軟；不知不覺，已化為我們用以活命的柴米油鹽了。

極為幸運的，在歡笑無憂的日子裡，我曾經像兔子對烏龜般，向丈夫炫耀過我的背經本領，將自小背得滾瓜爛熟的詩篇廿三、九十、九一、一〇三篇；以賽亞書五三章及哥林多前書十三章等等像燒炮仗一般霹靂拍啦的燒給他聽，結果我們彼此挑戰，他背了我的全套篇章，我也背了他特別喜愛的詩篇十九、一三九篇。就這樣，我們的記憶裡裝入了一套共有的「光碟」。

我的經驗，小時背熟的東西不易忘記，但是成人寒窗苦背的詩章，除非不斷的溫習，不然，一表演完畢便不知去向了，因此我們坐在商場裡做腦筋運動時，最是順理成章的作業，便是一天溫習一篇背過的篇章以杜遺忘。自從這一個聖經複習活動如此展開之後，整整數年的病程，直到丈夫去世我們都不曾間斷。我們溫習的辦法是採用行令遊戲的形式，你一句我一句，啟應對讀。例如：

我：「……求你使我們早早飽得你的慈愛，

他：「好叫我們一生一世歡呼喜樂。」

我：「求你照著你使我們受苦的日子，

他：「和我們遭難的年歲，」

我：「叫我們喜樂。」等等。

然後第二個回合，二人就將次序顛倒過來再重複一次。開始這樣做的時候，丈夫雖已不能走路亦不再能寫字，卻仍能看書，雖然容易疲倦，不能持久，得斷續為之，但畢竟仍可照常享受他的讀經之樂。不曾預料，會有那麼一天，甚麼書都不能再看，就只剩下天天行令的篇章同他恆相廝守直至途終。

最後的日子，每字每句更都切切實實的成了我們所以能前仆後繼、一直到底的力量。我們確信，我們的苦杯是從天父手中接過來的，不是在睹城擲骰子手氣不佳撿到的。那苦杯有永恆的意義永恆的目的。意義何在目的何在，如今只能隔著銅鏡子觀看，模糊不清，有一天便要面對面，有一天要全知道。

我則時常跟自己說，當那一天還沒顯現之前，苦中「……且貪歡笑，要愁那得工夫」，至囑至囑。這是衛生常識。達到如此目的，詩人有個辦法，就是「松邊醉倒」，可惜我們不會喝酒，而且也缺乏詩人那份瀟灑。我並且懷疑，醉裡能貪歡笑的這位先生，雖愁雖苦雖「辛」，之所以還瀟灑得來，說不準是因為其「疾」已「棄」也。我們的殘疾卻是步步加深。笑，如何泡製得來？除非真有好笑之事，除非可喜可樂免費供應，垂手可飲，除非笑從天降。

＊＊＊

當我們的商場新生活，正如上述，如此這般的展開、上了軌道、不亦樂乎的時候，萬沒料到，商場突然被投資商買去，作更為划算的用途去了。易手不久，轟的一聲，全場灰飛煙捲、頃刻夷為平地。老主顧們無不握腕，甚至還有人發表詩作，像黛玉葬花那樣哀嘆弔念商場之終。我們自然亦大有所失，但是落漠之餘亦感萬幸，我們總算趕上了商場最後一年的歡樂。我們的聖誕樹更是這段好日子留給我們的紀念。

我們開始商場新生活的時候，商場的命運雖已近在咫尺，但因我們懵懂，沒有近憂更無遠慮。是年聖誕，廣場繽紛一若往年，叮噹雪車鈴的音樂照舊，伴著旋轉木馬上，小孩子們的歡笑聲。

有天我們運動完畢，我便推著丈夫，周圍逛逛看看熱鬧。走近一間商店，門前擁著三個嘻嘻哈哈的小孩子，母親一聲令下，孩子們雖仍繼續的你推我擁，卻都一同迴避到一邊為我們開路。如此乖巧訓練有素，我不禁道謝又稱許。之餘，也不好掃孩子們的興，路既讓了，便姑且推進店裡去走它一圈吧。

那是一家應節的聖誕飾品店，五光十色燈火通明。輪椅可以通過的一處寬闊處，立著一棵人頭高矮的小松樹，枝葉上有松雞點綴，松針披雪披霜。

輪椅中人伸手觸摸，彷彿試探樹是真的還是假的？

「唔，真是唯妙唯肖！」我亦不禁讚嘆。

對我來說，一向應節的那份閒心時到此日早已滅跡，此刻觸樹生情不禁油然復甦：這棵小樹豈不正合新居小公寓的那扇玻璃門嗎？

「喜不喜歡？」我問丈夫。

「我們那就買回去好不好？」

聖誕樹不大不小，包紮妥當輪椅中人剛好抱住。店門外面，三個嘻戲孩子仍在。大約因為先前稱讚過他們，此刻便都變成了我們的粉絲，這次雖然母親不在旁，沒人下令，卻都自動自覺讓路給我們。見我們有所獲，也隨著高興，跟在我們後面像玩火車遊戲那樣，一個搭一個的湊著熱鬧，叫我想起三隻盲老鼠。小時用粵語唱的一首西洋兒歌：「三隻盲老鼠，成班跟住個耕田婆……。」我總覺得耕田婆後面的老鼠是老鼠頭接老鼠尾，一隻接一隻的跟法，就像我們此刻的行列。

小樹扛回，擺在公寓騎樓的落地玻璃門前，面向街坊觀眾。新樹預備出台之日，我獨自團轉繞著小樹掛燈，丈夫在背後輪椅裡，雖只能袖手旁觀，卻也分享著掛燈的喜悅。小樹背後，玻璃門外的天空卻是天昏地暗，雖然不過是下午三四時不到。是日有下雪的預告。

我一面掛燈一面頻頻往外殷殷張望，因為沒有甚麼喜慶比一場不大不小的好雪更令我欣喜雀躍。最後一串燈開始上掛的時候，果不期然，玻璃門外雪花已經開始零星降落；不到一刻，雪花竟由零星散落，迅速進入白羽紛飛的狀態。

小樹裝飾完畢，我按在燈的開關喊一二三，電源一接，天昏地暗漫天飄雪的背景前，一樹燈光突然明亮。哎呀，我說，夕觀此景朝可死矣！

真是童言無忌，沒料，良夕雪景入夜之後果真化雪為冰，一夜之間萬物冰封，成了本州又再一次破紀錄的冰暴冰災。更沒料到，我在小公寓裡掛燈，一掛便掛去了快一個星期，一個星期沒能再回家。

冰劫之後全市普遍停電，小公寓所在的老人社區，除了我們一兩系列的公寓外，其他的房子也大半殃及，一停停了整整六天，有的地區還不只此數。其間我曾回家省視一次，各家各戶連同我們自己的房子，接電入屋的電杆電線像麵條般顛覆一地，我根本不敢踏過這些高壓電線只為了行近自己的家，只好馬上又折回公寓避難去了。

我這才明白災情的嚴重，難怪停電之初，好友們頻打電話過來探聽我們一殘一廢擱淺在哪兒，掛念著我們是否饑寒交迫需要接濟。電話故障的朋友甚而冒著冰雪開車過來探視我們的安危，豈料殘人有殘福廢人有廢福，二人同聖誕樹一同滯在老殘公寓中冬眠，無夢無驚。

又再一次，在溫室之中，隔著玻璃賞冰觀雪，這回更是居高臨下美景絕倫。我在是年致外州好友的聖誕信裡宣稱，我們簡直就是置身在〈茲華高醫生〉電影中如夢似幻的北國仙景裡。想到朋友們和其他市民們的災情，感恩帶著深深的歉意，飽暖不敢樂極、不敢忘形。

我發現天父同地上的父母相仿，對有特別缺陷、特別需要的兒女總是格外呵護。不只作父親的偏心，連手足們亦視特別優待我們為理所當然。不小心的話，殘疾低能是會將一個人寵壞了的。

搖籃曲

一個四、五歲的童音突然唱起「我赤身出於母胎，也必赤身歸回」，然後大人全體若無其事地唱和。

若不是查考紀錄，我從沒想到原來事件發生的次序是如此的戲劇性。有限的人，面臨意外，在事發的當時，亂線一團，理亂且來不及，自不可能透視亂線各就各位之後可能織出的圖案。豈止當時茫茫，就是塵埃落定事後追憶亦不一定會有回瞰之明層次之清，因為〈聖誕樹〉一文走筆至末，我還沒有覺察到緊接下來的是甚麼事件。待查考了紀錄，才突然猛醒，原來文末所記、在小公寓中享福觀雪的那段小日子，竟是喻意深長、半山上最後一站的涼亭小憩，原來又有一段山路已近在眉睫，馬上又得重新起步了。

說得準確一點，賞雪後不到二十天的工夫，我們二人強弱的相對地位突然乾坤倒轉。丈夫由頭號病人的寶座，一降而變成敬陪末座了，雖然其老殘成績節節高升、有進無退，只是猛不防，讓二號突然莫名其妙、一鼓作氣的追了上來。不過競賽這事，進進退退兵家常事，到了年底，頭號又重新迎頭趕上。

換言之，開年大吉，先是我病了一場，繼而丈夫的殘疾百尺竿頭更進一步，飯來張口但茶來已不能再伸手了。秋末冬來，醫院進進出出、漸漸挪移帳棚，繼揮別老家之後，又被逼遷離了中間站小公寓，而給擔架架到護養樓去了。就這樣，後浪推前浪，丈夫更上一層樓之後，小公寓便由本人獨自繼承了。

到同年年底聖誕樹再上裝的時候，丈夫雖一如去年，仍舊坐在小公寓裡，仍舊坐在我背後觀望助興，然而這次只是以訪客之身出席了。二人倒真有點像是回到了上一世紀約會的當年。夢裡花兒落盡，老先生一覺醒來，詫異怎麼又坐回了桃樹底下？怎麼又回到了昔年昔日，拜訪女生宿舍又復變成了每日生活的高潮。

由小公寓行到護養樓的路，一步一仆歷時一年。

請你先坐下

話說去年聖誕樹亮相之後，不到二十天，我們日常生活的曲調突然中斷。二人像爭座遊戲一般，樂音一停，一坐下剛好調換了位置。十二月十二日聖誕樹出台；十多天後，新年初一，突然接到自己的凶訊。這個日子吉凶的巧合倒不是命運有意，而是自己自作自受。

知我者都曉得，我有個惡習，就是同電話只肯保持一個藕斷絲連的關係。不裝電話不成，不睬電話可以。這是由於本人與生沒有俱來，套句美國俗語，一邊走路一邊嚼口香糖的本領，即使最簡單的事亦無法一身兩動，一腦兩用就更免談。因此但凡我在動腦筋的時候我便不接電話，因為一接一講靈魂便出了竅，重新坐下時魂不附體百招不回煞費工夫，所以電話故意裝在屋頭頂樓，要用功時躲到樓下屋尾去用功，留話機耳不聞為淨，等方便時再去處理。問題就出在此，因為方便時刻並無一定，處理便難得記起。留話往往失去了時效才發現，例如有人請吃飯，人家吃完了才知道。

就這樣，年初一行經屋頭電話所在處，忽然心血來潮，數日不曾檢查，不知留話機有話要說沒有？有，留言兩通。第一通家常，第二通十分意外，居然是我的保健醫師。這位醫師我同她一年打一次招呼，我最近根本平安無事不曾打擾，她可會有何貴幹？細聽之下，沒頭沒尾，是幾句安慰的話，嚇了一跳。

因為不久前做循例的年度乳房攝影檢查，說是得做點進一步的研究，除夕前於是依囑前往做了個切片手術。這種事，並非罕聞，並不值得太過大驚小怪，加以做手術的醫生明明告訴過我，最早要年初二才會獲得結果。年初一是年初一，年初二是年初二，杞人不憂天。此刻我才覺悟，所謂年初二，可能是指病人接到通知的日子，內部報告或者馬上便已送達有關部門。保健醫師是手術當天晚上留的話，一定以為病人亦已聞訊，所以來電表示關心和支持。

次日年初二一大清早，切片醫師果然如諾來電了。接此等訊息我這還是首次。女醫師，不一樣。醫生問，是本人不是？是。旁邊有沒有親人？有……是我先生。請將電話交給你先生好嗎？對不起，我先生是個病患，口齒已經失靈……甚麼事跟我說就行了，不要緊的。好，那麼請你先坐下來，坐好了我再講。心想，得啦得啦。這好人要我擺好椅子，預先將自己承住了才好接收耗訊，以防萬一昏過去。先給謎底後猜謎。我幾乎想笑，覺得這作醫生的比我這作病人的還艱難。

回想起來，我確是冷靜客觀得出奇。掛了電話後，第一個反應居然是自己跟自己說：好傢伙，當真是癌，這次看你還笑得出來笑不出來！好像是台下看戲的人，台上劇情與自己無關。這莫名其妙的反應，也許大部分歸功於我那陰陰陽陽的電話習慣，以至凶訊的啟示不是突擊而是漸進的緣故吧。年初一既已猜到個七八，年初二的霹靂便非出自晴天了，自然失去不少殺傷力。總之，年初二當醫生正式報凶時，我完全沒有智商正常的人應有的反應。難怪福樓拜說，恆常快樂的人必須同時是個呆子。我自然還不至於待到聞癌而喜的地步，只不過沒有聞訊而泣而已。正如後來我們年輕的牧師來探訪，問我對自己的遭遇有何感受時，我說，看試煉為大喜樂的層次，我還差很遠，只是，我倒是莫名其妙、毫不費力似的做到了默然不語，未曾失禮。

抓雞之勇

我發現作為一個書蟲對我大有好處，如廣東俗語形容的，書「飽」多了，滿腦「飽柴」堆積，所謂湯姆、迪克和哈利，任何張三李四的經歷都曾過目，多見便少怪。加以年事越長，書裡書外，人生種種不同於自己的際遇、命運，亦早經耳熟能詳，於是在苦難臨到自己頭上時，便少了些大驚小怪，省了好些時間呼冤質問：「為甚麼是我？」事實上我素不耐煩如此問題，覺得若非源自孤陋寡聞便是沒有禮貌，理不直而氣壯。好比一個嬌慣成性的小少爺，突然落入難童堆裡，得做難童們同樣的工作，一肚子不高興，大叫大嚷，認定這必是誰人有眼不識泰山，弄錯了。

我家不是闊人，但成長時卻也莫名其妙，一如小少爺的嬌養；除了捧書彈琴，其他工作一律免抬貴手。所謂手無抓雞之力，不只無力抓雞且更無抓雞之勇，蛇蟲鼠蟻一概懼怕。雙親因為怕我們夭折，由小到大為我們趕雞捉蟲不遺餘力。

與小少爺有別者，我們雖然未曾抓過雞，但是一旦遇上前有紅海後有追雞的時候，我們不會浪費時間去講公道，因為紙上談兵的雞論，自小明白。

魯益師在《猙獰暴力》（*That Hideous Strength*）一書中，稱一個名叫馬克的人其教育既不科學、亦不經典，只是「現代」。我家的教育不科學更絕不「現代」，經典不經典你來決定。

我家的女兒，勞動操練上個個是侏儒，周圍的朋友替我們憂心。記得我赴美求學之前，母親的好友，就是我曾為文記念的「英芳伯母」，把我叫到她家裡為我惡補生活訓練。伯母教我燒雞，囑我用筆好好記下，筆記第一點是「洗鍋」。

其實不只是英芳伯母替我們憂心，母親自己早在一面嬌養我們的時候，已經為我們提心吊膽捏一把汗了，只是心靈願意肉體軟弱。權宜辦法就是，徒手趕雞赤腳落田的理論不可不知，但願女兒永遠鞋整襪齊，無須下放實習。

我們雖然不曾幹過雞活，但是非常清楚：人生在世，人間煙火不能免吃。身處農莊，雞是必有的，不足為奇。不只有雞，雞且像洋人鬼仔節的小孩子，喜歡扮老虎、扮獅子、甚至扮演比你高三頭多的巨人歌利亞，跑來叩門咆哮，向你索糖吃。趕雞用的光滑石子，母親早已盡力為我們配備妥當，放好在我們的口袋裡。哪一天門一打開，門口站著歌利亞，粗言粗語向你罵陣時，我們知道，要馬上告訴自己，不要怕，學童子大衛，拿著扔雞石的機弦奉萬軍之耶和華的名向雞迎去。換言之，我們像聖經福音書中那位少年官，大道理自小便耳熟能詳。

我們小時候並無圖文並茂、按齡漸進的童書，人人背的是「排排坐吃果果」；此外，我們入先知學校，學聖經中的先知以西結吞天書。不只吞大人書、老人書，還吞大人歌、老人歌。

我赤身出於母胎

記得當年家鄉有些教會還男女分座。小孩子雖另有主日學，但大堂聚會是全家出席的。也許是因為要避免我們交頭接耳、需要糾察的麻煩，我和妹妹被分開，一個跟爸爸坐男座，一個跟媽媽坐女座。講道我們自是一點印象也沒有，但是那些大人歌，識字不識字全不打緊，自然而然就滲入耳朵，全都朗朗上口了，一直到如今還在嘴邊。

就這樣，因為大人小孩全都唱熟了同一批的詩歌，因此幼時我家每天睡前的晚禱慣例是這樣，禱告之前，先唱幾首短歌。戰時家鄉，暮色裡一家大小，包括兩個女僕，全體圍坐一起，想唱甚麼歌誰都可以隨意起音，然後其餘的人便自會連音帶詞的附和。

就這樣一首接一首的隨起隨和，母親往往還加入個即興的二音。遇到輪唱調子，大家還會自然的分成兩組：

問：「我要向山舉目；我的幫助從何而來？」

答：「我的幫助從造天地的耶和華而來……」

問問答答此起彼落煞是起勁。

我們唱「耶和華是我的牧者……」、「洪水泛濫之時……」「我們經過流淚之谷……」，我們唱「壓傷的蘆葦……」、「大山可以挪開……」、「全路程我救主領我……」、「主的恩典樣樣都要數……」等等等等，由舊約唱到新約，唱到古今中外。最常唱的一首是出自以賽亞書，至此錄記下來時才發覺，字句居然還是半文言：

「但那等候耶和華者必重新得力，

他必展翅上騰，他必如鷹向空中飛翔，

彼前趨而不覺困，彼行路而不覺倦。」

總之，有白話唱白話，有文言唱文言，識字不識字，照唱，其樂盡在莫名其妙中。想來彼情彼景也不能說不好笑，不過歸根結柢，其實這與中國孩子背唐詩並沒有甚麼兩樣。小時不懂，自有能懂之日，小時無用，自有用武之時，這是我可以見證的。

只是唐詩不唐詩，我家的晚禮拜還是不失為滑稽劇一宗。請問有誰曾見識過如此場面？一個四、五歲的童音突然唱起：

「我赤身出於母胎，也必赤身歸回。」

然後大人全體若無其事的唱和：

「賞賜的是耶和華，收取的也是耶和華，耶和華的名是應當稱頌的。」

約伯之歌。

一個世紀之後，這孩子前臨紅海後有追雞；一隻雞又變成兩隻雞的時候，之所以不曾任雞宰割、束手待斃，就是虧得口袋裡幸未失落的這些陳年石子，隨時可以掏出來迎敵扔雞。約伯的歌、大衛的歌、以賽亞的歌、芬妮克羅斯比的歌、夏綠蒂班納的歌、蘇佐揚的歌……，那些被永恆的溪水洗刷、磨光磨滑、放在機弦上可以射中非利士人腦袋的無價卵石。

在半空中瀟灑

約伯的歌似乎同我更有額外的緣分。不只自小就會唱，一到美國，又正逢美國詩人麥克列許（Archibald MacLeish）的得獎作品〈J. B.: A Play in Verse〉正在百老滙上演。這部劇作就是採用聖經中約伯的故事，以今人今事探討苦難問題的詩體劇作。詩人應邀來我校演講，我這好學生自然紮紮實實的讀了一遍〈J. B.: A Play in Verse〉，又重讀了一遍約伯記。詩人認為，世間沒有公平，福也禍也兩者都不是活該。活該不活該自然都無所謂，那時代我們身輕如雪花，正在半空中瀟灑。

* * *

然後數十年後，當丈夫仍舊健康，雖然疾病已伏在門前，而我們並不知道的時候，我們教會的成人主日學班查經恰巧是約伯記。

記得輪到我帶領的那一次，我特別提到，前一天剛好在電視上看到了一則報導，說是有某人，因為禱告而疾病得不到醫治，所以認為聖經不可信，扔掉了聖經。我說，奇怪，不知其人看的是哪一本聖經？好像同我看的那一本不一樣。我的聖經不只有疾病，還有逼迫、饑餓、赤身露體、危險刀劍，甚至終日被殺。

約伯記裡的撒但，我上課時揣摩著，算不算是一個資本主義者？他是「自由市場」的信徒，重點在「市場」，功利為本。他信重賞之下必有勇夫、才有勇夫；人人都是浮士德，價錢合適的話，沒有甚麼是不能買、不能賣的，包括人心。魔鬼自己和浮士德之間如何，他堅信神人之間也必如何！

其實即使是淺近的人際關係，我接著說，光說婚姻罷，我們就已經無從接受這個看法了，不是嗎？我們有誰不鄙視交易式的婚姻呢？

主日學課堂裡闔室點頭，都同意我所講的極是極是。我們沒有一個人做過如此可鄙之事，我們一律是娶沒帶來嫁沒帶去的清白人。門當戶對。說穿了呢，其實根本不曾遇見過如此有趣的試探，不曾有過一個百萬富翁來求過婚啊，甚麼味道不得而知。百萬，**no**。千萬，**well**。萬萬，**OK**？

沒料最後有一天，果真出現了一個冠冕堂皇的追求者，乘著一輛銀柱金底、利巴嫩香柏木造的華轎而至，居然還會吟詩：「我要往沒藥山和乳香岡去，」他說：「直等到天起涼風日影飛去……。」女郎喜出望外，一面挖空心思預備回敬一句足以匹配的下聯，一面伸手搶接聘禮的時候，不料瞬刻之間，好比神話裡午夜的鐘聲突然響起，華冠華轎不翼而飛，站在門前的竟是個連枕首之地也沒有、以至連頭髮都被夜露所滴濕、比灰姑娘還落魄的人。這位突然陌生的人竟然詩猶未盡，他說：「給我開門，求你與我一同離開利巴嫩……從有獅子的洞、從有豹子的山往下觀看。」

甚麼？那萬萬富翁，不費吹灰之力便可以收買我心的人，竟無意收買，反而做了一件彼此都極麻煩的事，就是降到與我同等的地位，求我攜手與他同涉獅子洞豹子山，直到有一天，我無視禍福貧富，自甘生死相許非子莫屬。

那命立即立、說有即有的創造者，自縛己手不肯威逼不屑利誘、堅持受造之人意志自由、等他自己情願的這一作為，杜斯妥也夫斯基稱之為「克制的神蹟」。我認為這正是一個必要的神蹟，因為歸根結柢那是個邏輯的問題，不然愛情的定義是甚麼？

所以，我在主日學課堂上宣布，光從理智而言，義人也一樣受苦，與一般世人無異。這一點對我來說，毫無問題，反而是如果義人必不受苦，我才完全不能接受，因為那就證實了撒但的愛情觀了：重賞之下何來懦夫！

記得我一面這樣滔滔發表的時候，一面心虛虛的，不住的解釋道，請不要誤會啊，我不是不怕受苦，我怕得很，我只是在講邏輯而已。聲音確鑿，唯恐導演阿爸天父沒聽清楚：本人只是後台提詞的，拜託拜託，上台千萬另請高明。

總括一句，上述這等等閱歷、這等等見識，替我省下了不少時間和精力，聞癌而不必鎚胸問天為甚麼是我？為甚麼不是他？為甚麼我被造為人？為甚麼我不是一條哈巴狗？等等。就憑這點點見林之明，將自己本來已極為有限的元氣全數省下，投資在見樹爬樹刻不容緩的急務上。

只是有聰明省下元氣的人，不見得就一定有智慧避免別的浪費。獨醒人士不喝酒，但是省下的酒錢拿來抽煙有的是。以下就是不飲酒而抽煙的故事。

我的祕密有二

我本來就不是一個駕輕就熟的能幹主婦，治家本已無甚餘力；這些年來，加上了招架丈夫的殘疾，就快連洗臉刷牙都無暇顧及了。所以老實說，當我得到癌訊時，即使還有哲學疑問，也沒有功夫去做問答，我急需馬上解決的事只有一件，就是每天已經用盡了廿四小時，怎麼樣才能擠出時間來生病，我享受病假的時候丈夫怎麼辦？

事實上已經好一段時間了，自從丈夫的殘疾到達一定程度的時候，旁觀的朋友早已看不過我那鎮日馬不停蹄、事倍功半的模樣，已不斷的奉勸我不能這樣下去，應該快快找一個人來幫忙照料。有一次，一位熱心好友甚至連人也替我找得七七八八了，只要我首肯開門迎接而已。不料，我聞訊立刻像被碰了一腳的蝸牛，馬上縮回殼中，一宿無語，不敢再探頭、不敢再說忙了。蝸牛脾氣蝸牛自知，蝸牛絕無蠔兄那份瀟灑，要牠在自己小小的殼裡塞進一顆珍珠，或是迎接一隻小蠔蟹，無疑是強逼品種突變，等於要牠的命。

朋友的好意我默默的抗拒，無言以對，因為違反理性、違反常情、又有假想狂嫌疑的祕密不便布公，只能夜深人靜時悄悄說給自己聽，因知瘋子的定義無他，就是公私不分，肆無忌憚的張揚自己的祕密也。我的祕密有二。第一，以掃不是雅各的雙胞胎，雅各真正的雙胞胎是我；祕密第二，丈夫也是雙胞胎。丈夫的雙胞胎甚至上過《時代雜誌》。

我固然明白苦難於我們的意義，因而沒有一些不必要問題的困擾。平常安居樂業的時候，也算是個理論多多廢話不少的人；但一旦遇到凶險、心肌梗塞的時候，卻是絕對需要即刻閉嘴、閉耳，進入內室、關上門，掛上「請勿打擾」的牌子。救我之急，需要的是絕對的安靜。我完全明白，為甚麼雅各必須把全部人畜打發過河，獨自一人留在雅博渡口。臨陣退縮，也許，但說他是一個不負責任的家長就絕對是冤枉了。家長也有呼吸困難、心肌梗塞的時候。行將斷氣的人需要急救，即使登門施救的是個逼你先摔角、後打氣的外星奇人。雅各一族，摔角摔壞了腿之後，殘喘重振然後一拐一拐的走，總算還可以伴著家小繼續前行，勝過不摔不醫倒斃了事。貪死怕生，那才真的是逃避責任。

雅各獨自在雅博渡口摔角，我的雅博渡口是我自己的蝸牛殼。蝸牛殼裡的獨處於我不是可有可無的奢侈，而是刻有我名字、唯我專用的救生圈，護之如命不能出借。

* * *

其次，第二樣無法出借的是我的丈夫。

丈夫發病之前，曾給我印象最深的腦神經病患有二。其一是發病後不能不捨棄樂壇的一位女大提琴手，在〈觀雪〉一文中已提過。其二就是體殘智不殘的物理學家霍金。多年前《時代雜誌》曾報導，有一次霍金坐著輪椅，走在好像是牛津的校園裡，迎面來了個遊人。遊人得知這人就是大名鼎鼎的霍金時，看著他蜷曲在輪椅裡的殘疾身軀，驚訝的問道：「他知不知道自己寫了一本書啊？」

當時我讀著不禁大笑，覺得人的直覺邏輯之謬不可言，真是妙不可言。及至丈夫病殘之後，再記起這段報導，不只不好笑了而且作賊心虛，想起自己的一件劣跡往事來。

小時寄宿的學校，師生全體住校。有位老師的母親與她同住校舍。老人家行動不便口齒亦不清，我們認定她是個呆子，便肆無忌憚的拿她來取樂。無聊的時候，看準老師不在時，便跑去逗「師太」牛頭馬嘴的講話，娛樂的高潮就是一屁股坐到她家的米缸上，假裝那是一只馬桶，急得老太太直呼直嚷。

我們那震天的笑聲，如今迴響耳際，驚心得像盜鈴無法掩耳。霍金事件，加上自己當日的可惡，下意識裡使我認定，把殘障當成白癡是人之常誤，幾乎無可避免；像那遊人那樣啼笑皆非的反應還不關痛癢，麻木不仁一點的，就有可能一如我們那批小流氓了。

不錯，我家沒有米缸；即使有，也用不著擔心會有人去坐；即使有人坐，亦不擔心丈夫會抗議叫嚷。丈夫沒有老太太那份聰明、那份警覺，從來敵友不分不疑有它，說不定還會拿糖給小流氓吃。問題就在此。

丈夫脾氣好得離譜、與世無爭得莫名其妙。一例——在他發病初期、尚可作低程度行動時，我們二人作了最後一次省親之旅。十分湊巧，行期日子是美國九一一事發的次日，我們的機期因而被延遲了兩天。機場戒備極嚴，一向給予特別優待的輪椅旅客，此時不只不再隨便放行，而且搜查得比常人更加仔細，大約是防歹徒裝殘以掩人眼目吧。丈夫連人帶輪椅一起被推到了另一角落，我跟了過去。但見安全人員俯首彎腰、上上下下極仔細的將他由頭摸到腳，最後甚至跪下來脫他的鞋。丈夫看見那麼一個高大的人，為著侍候自己蹲上蹲下感到過意不去，於是其人每摸完一處，丈夫便本能的抬頭說一聲 Thank you。說到兩三遍，我不能不笑了，高個子也忍俊不住。

丈夫諸如此類的行為，我早已見怪不怪。如此人物，想不欺負都難，這是經驗談；連自己都信不過，何況陌生人？

想到當年我們這批小流氓有時玩到忘了形，失去了時空，來不及撤退，不防老師已抵家門。老師見我們拔腿衝出，便說：「你們又來欺負師太了，是不是？」雖是責備，語氣不重，有時甚至還有幾分欣慰，覺得老人家悶著，鬼伴兒勝過沒伴兒似的。如今重溫舊戲，當日的流氓今日換了老師的位置，要比當時的老師聰明百倍。鬼伴兒的鬼胎我一清二楚，想到丈夫會拿糖給我們那批流氓吃，想著想著，便不能不替師太和老師大呼豈有此理了。義憤補生，一棍子把任何想入屋的陌生人全攆了出去。

這大約就是為甚麼丈夫發病後好幾年，我不只不曾想過可以將他交給別人來照顧；相反的，簡直就是護夫如命，出讓免談。

一爐香的工夫

從另一方面來說，丈夫四肢的殘障，雖然持續有進無退，只是直到我得癌訊時，畢竟還沒有到達日後完全無能為力的局勢。此時此刻，二人危危乎有跌有起的仍可以湊合著過生活，所以連費用均已包括在公寓租金內的急救服務我亦不使用，因為手續繁複沒有耐性去享受，求救電話打得來、救護人員等得來，我自己都做完了。

生活起居我一向是個差不多先生，費時失事、舉一不能成三的事一概可免則免。可恨美國剛剛相反。我主修潑墨，美國要求的是工筆。美國法律條文極盡囉嗦之能事，涉及傷殘病患之事尤其如是，大約也是因為病人動輒告狀的緣故，所以不舉三絕不容反一，醫死有罪、摸不著頭腦無罪。一加一你說不就等於二嗎？法律說，或者，但是心算不算，得按步演繹，白紙黑字先證明一下，一加一不等於一，一加一也不等於三，這才或者可以向法官開口說道：「大人，鄙人因此歸納，一加一最有可能等於二。」

因此，丈夫跌跤，救急的警衛先生來了，先擺個景，愛莫能助。若不是我捷足先登已將埸地夫子扶坐起來、已進入了就地打坐的姿勢，否則人還躺在地上不容移動，因為警衛來到不能馬上施工，只能垂手肅立在旁給予精神支持，必須等候醫護人員到來，先行叩心打肺、翻過白眼、量過血壓、保證一把拉起不會一命嗚呼，這才能正式施工。如此頭頭尾尾足足賠出一爐香的工夫。這些年來自問耐心已經頗有進步了，無奈兵心仍然似箭，如此場合，逼我端端莊莊，同有手不能動的警衛先生一同排排閒站就是辦不到，兵遇秀才不容開弓太難。既甚明白自己不具享清福的條件，唯一辦法就是克盡奶勁自食其力，奶力一刻尚敷應用也不肯求救於人了。但是可想而知，如此的結果往往便是其力自食過度，到了晚上，不論被扶的人，還是扶人的人都難免磨破了動物品種的底線，雙雙淪為植物，化為蘆葦兩根了。

壓傷了的蘆葦兩根，攤在床上，蘆葦甲照例立刻呼呼入睡，不幸蘆葦乙多數迴光返照，越是奄奄一息越是金睛火眼，也就免不了想入非非、向天吟哦起來了。不錯，我說，我知道受苦是與我們有益，但是不是益處太多了一點？實在夠了，能不能放個假？勒令退學更佳。求求派來一架直升機穿天花板而降，二人座的，將兩根蘆葦，一睡一醒一同帶走，就如末日被提的一樣。

萬幸人間的日子自創世便分晝分夜，有晚上有早晨。次晨醒來，東方日出，兩根蘆葦又直起了腰，日子仍然照過，得過且過，任何更改變動又復不入考慮之列了。

不錯，直等到發現癌症的時候，那一瞬間，宇宙改觀，許多先前可以等日出、明日復明日再討價還價、表決反表決的事，一時全都成了既定事實，全無了商量的餘地了。先前死也不肯落腳的紅海，當法老的追兵呼嘯已至，橫豎一死別無他途，也就只有縱身一跳，沒料墜水之後，居然浮了起來。「這蟲雅各」是如何由一棲動物變成了兩棲的，連自己也莫名其妙。物不競而天擇是怎麼回事？

四流作品

美國歷史上出現過兩位羅斯福總統。抗戰時期家喻戶曉的是第二位，但在戰史上留下了一句名言的，卻是第一位羅斯福總統的兒子，美軍統帥，又一位羅斯福。

「咱們登陸登錯了地方，」他說：

「戰爭就地開始。」

統帥羅斯福，齡高五十六，是著名諾曼第之役參戰中最老的一人，臨危不亂，既來則安隨即應戰，連頭盔也沒戴，毛線帽一頂便在德軍的槍林彈雨中，飛來跑去的指揮抗戰，軍心為之大振；其餘，如俗語所說，已是歷史了。

本人全不是那回事，除了一頂毛線帽可能與英雄所戴略同之外，一輩子莫說在槍林彈雨中屹立指揮，就連從容的單矛上陣都不肯。打仗之事，除非預先一再確定，支援後防的確是一一佈妥了，不然我可是一步不肯動彈的。

自小迎戰，哪怕只是小考、大考、打霍亂針、種牛痘，我一貫模擬皇后以斯帖冒死見哈隨魯王的步驟，先求叔叔和宮女陪我一同儆醒，然後動員書珊城全城的居民精神支持，我這才肯硬著頭皮、存著我若死就死吧的決心去上陣。這次自然亦不例外。

癌症消息給我開了年之後，繼而姊姊家人的賀年電話同日亦接踵而至，癌訊自然馬上傳了過去。電話完畢接著便是坐下來電郵通知各友好，一傳十，不到幾刻，全城全國以至地極另一半球盡人皆知，發現自己真是一鳴驚人，不無幾分得意。

得意不容輕看，毒可攻毒。想來還虧得那幾分虛榮，當時多少助了我一臂之力。

這不是一句玩世不恭的笑話，而是嚴肅不過的正經話。

自從丈夫病殘之後，我倆鑑於身為教會中的長者，四十年來，做過多少代年輕學子的老大哥老大姊，同大家講過多少道理，如今被逼閉了嘴不能再教主日學，眾人耳根清靜了，耳靜便目明。我們面對逆境的態度，時至今日不再只是唯老不能不尊的個人面子問題，而是涉及到人格、信譽的問題，我們講過的話有無信用、算不算數？換言之，門前霜雪不再有掃不掃由我的自由，而是不掃的話，滑死自己，也足以滑死過路之人。於是自己還掃得動的小角小落快快開工，掃不動的速速另求高明，這就是為甚麼我倆自丈夫得病之始，早已天天儆醒，誠心所禱至盼至願就是切勿晚節不保，會講不會做，在冰雪上當眾摔得個八腳朝天。

丈夫素來單純無邪，病前病後都是同一心志，天天最慣用的禱詞就是：「願我的心緊緊的跟隨你，你的右手扶持我」，一言以蔽之，以誠以靈，與亡命曠野中的大衛心心相映。我則不然，我善三級跳遠，動機巧妙得多，因為以前春風得意教主日學時，自己曾多次奚落所羅門王晚節不保，是超級的會講不會做。如今不敢作聲，恐怕打中了自己的嘴巴。

此時我的癌訊讓我們更上了一層樓，風頭更勝眾目睽睽，我便是加倍的告誡自己，我說你這傢伙，切莫替我丟臉，切記切記，要有點常識，此時何時？獨自切莫憑欄，梧桐細雨聽不得，感傷自憐自我陶醉避之若浼，切勿淪為一部四流作品倒人胃口、倒自己胃口，莫忘史家曾給某英國皇后所下過的一句評語，命運派給她一個悲劇好角色云云，她卻穿著緊身內衣褲去上演。華人，我自我叮嚀再三，更不能蓬頭垢面上街行，失禮自己，失禮一族。

面子問題。

＊　＊　＊

面子不容忽視。請問要是置身空無一人的荒島上，別說外衣內衣，穿衣服根本就多此一舉，穿來幹嘛？除非有蚊子，除非寒風吹，但那是別的文章，與此無關。無人荒島上，禮義廉恥都不成立。保羅說的，行事為人與福音相稱，也就是這個道理，字裡行間，暗示著人不在荒島，有同伴、有社團、有世人、居然還有天使在觀看。法國名言說得妙，一語道破了萬物之靈的祕密：「沒有虛榮作伴」云云，「德行是走不遠的。」德行是一種自尊，自尊也可說是一種個人面子吧，面子不是虛榮嗎？但是如此之虛榮是人間應有的煙火，吃得，不吃可能無恥。不過話說回來，面子不面子，這樣的防衛確也是個嚴肅不過的抗戰常識。狼瘡惡疾纏身、英年早逝的美國作家奧康納這樣說過——自憐是披著羊皮的狼。人家是經驗談，豈可掉以輕心？不自投狼口無端送死也是做人起碼的責任。

所以電郵友好的時候，我要求代禱的首要項目就是能堅拒自憐，寸步不讓。代禱要求傳出之後，聲援絡繹而至，親朋戚友，人人代求，時刻有人代求日夜有人代求。

一位好友說，為我禁食禱告的時候心有所感，想到了法蘭西斯為一位朋友代求時，主指示他，祂在他朋友的身上自有祂的美意。

事實上，我接到癌訊的次日就已接到了同樣的天訊快遞。自小母親給我們養成習慣，年復一年周而復始每天順序看一兩章聖經，是日恰巧輪到以賽亞書廿八章。幾十年來自小至老，這一章書不知看過了多少個回合了，奇怪，以前好像從沒發現過，聖經裡對大茴香和小茴香居然有如此詳盡的討論。大麥、小麥、大茴香、小茴香萬物各從其類各有不同的種法、磨法、打法，有的用杖有的用棍。有趣，芝麻綠豆小事一宗，以賽亞說，這也是出於萬軍之耶和華，祂的謀略奇妙、祂的智慧廣大。小題不嫌大造。

今日回首也還是不清楚，自己是大茴香還是小茴香？又，不知幾千年前猶大地打茴香的杖和棍，跟牧羊人的杖和竿有何分別？死蔭幽谷中杖杖棍棍竿竿，似杖似棍似竿，孰杖孰棍孰竿難分難辨。倒有點像我家的規矩，小時母親打屁股，不用棍也不用那世紀流行的籐條，而是用手。記得每次打完一輪號咷了一番之後，胃口會特佳，及時伏法「收聲」的話，吃飯時有時稍得享點優待，大約是慰勞慰勞的意思。

話說一接癌訊後便循例替自己急急佈防，於是不到一兩天功夫，人人都為我在主前請願、替我稟求，千萬不要杖還未出手，已像個小孩子呼天搶地塌在地上撒賴，一副孺子不可教的討人厭討己厭相。要鬧起碼等到奄奄一息再吭不遲。

請願結果分明超出所願所求。一反自己神經緊張凡事不肯放心的性情，全癌程自始至終居然無夢無驚、置身事外得出奇。不只如此，沿路還不斷的哈哈有笑，笑話相隨，不笑也難。

最好不要笑

知女莫若父，真的是還未祈求，天父已經知道。病訊來臨之前幾天聖誕節期間，一家老同工剛來看過我們，他家小女兒帶來的聖誕禮物是一本笑話書，給老殘伯伯病中自娛。此外，多位素常跟我靈犀特通的老朋友，平時便已笑味相投、彼此不時交換道聽途說的笑料，這次代禱之餘更是竭盡所能的逗樂，笑話源源不絕的供應。

開刀前夕我們出席參加一個早已安排、早已答應了的火鍋餐聚。平常大說大笑的老朋友們當晚顯得侷促。我明白，因為大家都在擔心不知道我的心情如何。

「要不要聽笑話？」我問。大家鬆了口氣，包括我自己，因為憋了一肚子笑話，正待爆發。

「有一個詩班被邀在喪禮上獻詩，」我說：

「死者的老妻請求獻唱Jingle Bells，因為那是老頭子生前的最愛。詩班難以推辭，只好勉為其難、儘量緩慢嚴肅的獻上乃曲。不料，唱完的時候老太太忽然醒悟。

「『唉啊，不對，記錯了！』她說：『是天堂金鐘，不是聖誕鐘聲響叮噹』！」

笑話第二。

「有狗主人某，」我說：

「請了一位獸醫來看狗病。獸醫背著一個包，包裡有隻貓。來到狗跟前時，獸醫將貓拿出來在病狗的上空晃了幾晃。病狗一動不動。

「『狗已經死了，』獸醫宣布：『診費四百三十，三十元出診，四百元貓掃瞄（CAT scan）。』

「你們聽過一個叫快樂基督徒的美國團契沒有？」我問：「我也是第一次聽聞，這是他們出版的笑話集裡的笑話。」

吃飽笑飽，回家又再極為反常的一覺睡到天亮。我是一個資深的打更佬，自小有失眠習慣，經常比鬧鐘早醒一兩小時是常事，當日卻居然鬧鐘也沒將我叫醒，睜眼時一看，嚇得一骨碌滾下床，幾乎來不及趕到醫院報到，幸而手術當天不准吃早餐，可以立即溜走。

開刀本身好比搞革命，像毛主席說的，自然也不是請客吃飯，但畢竟這已是盡人皆知的常識，不必多贅，倒是後來搞放療時的一二細節還值一提。

＊　＊　＊

我的癌症患處因為非常貼近心臟，所以得格外的小心，不能讓放射線傷及心臟，所以治療時給病人躺臥的身體模型要做得特別的仔細，結果來回折騰了好一番才大功告成，治療才能夠開始。

這種模型名字不俗，叫作「阿拉法搖籃」（Alpha Cradle）。我國醫界似乎譯作「阿爾法搖籃」。Alpha是希臘第一個字母，日常英文用語有遙遙領先、首屈一指的意思。無論如何，希臘首末兩個字母alpha和omega在西方傳統中又有「始」與「終」的含義，沿自聖經中啟示錄的名句：「我是阿拉法，我是俄梅戛；我是首先的，我是末後的；我是初，我是終。」

總之，因為alpha一字源來已久的深長意義，我個人仍選擇為我的搖籃譯名「阿拉法」。無論如何，放療用的所謂「搖籃」就是病患肢體的模型。模型的造法是這樣：兩瓶液體相混，然後像巧克力糖漿倒在香草冰淇淋上一般的倒在一張白色硬膠墊上。倒罷隨即包上灰色大膠袋，病人隔袋躺下，液體便隨人身塑出肢體的模型，凝固之後就是所謂的「阿拉法搖籃」了。病人每次治療時，躺到這個個別倒模定造的「搖籃」上，有籃便不搖，病體固定，不移不動，治療的射線便保證中的，沒有差錯的危險。

搖籃製妥後放療正式開幕。

第一次出現候療室，比我先到的有六七人。除了三兩位看去是陪伴的家屬外，打量還得好些時刻才能輪得到我，便隨便揀了一本檯上的雜誌翻看，翻到了一頁動物奇聞。正看得出神，來了一位中老年女病患，由兒孫四口護送而來。女兒一手抱嬰兒一手拉著個三四歲小男孩。小姊姊七八歲，也幫著照料弟妹。一家人好不容易安頓坐定後，嬰兒開始鬧，母親抱著來來回回邊走邊逗，繼而作祖母的居然亦好像要跟嬰兒爭寵似的，一會兒嚷著要移個角落，一會兒又要拍拍腰枕，一會兒又要水喝，把女兒忙得昏頭轉向。周圍的人眾目同色都極不以為然。以我居高臨下的角度，尤感此人層次實在太低。心想，有甚麼了不起？可知人人都與你同病，本英雄回家之後還得照料另一個病人呢！你鬧甚麼？

為蓋其擾，大家開始三句兩句的交談。這才得知有位病患，居然單人匹馬開了五小時車，先來旅館過夜，今晨才能前來就醫。那祖孫三代亦開了兩個小時才到。沒有一個人住得比我還近，距離醫院不過十分鐘，我不禁吞聲抱愧，快快謝恩不敢再心出狂言了，遂指著手上的雜誌湊個熱鬧說：

「嘩，了不起，你們聽，這兒有宗奇聞，說是切掉了頭的蟑螂還可以蹦跳多日。蟑螂無頭不能進食，但無頭照樣呼吸！」人人嘆奇，連老祖宗也住聲傾聽。

「還有，」我不讓她開口。「這兒說烏龜成年之後長青不老，不會老死的。烏龜之死全部是死於非命死於意外……」

「唔，」開長途車而來的女士說：「怪不得烏龜這樣長命，殼厚，踩不死嘛！」

我心裡說，除非讓中國人逮到了拿來占卦算命。

廢話講得七七八八，最後終於點到我的名字輪到我登堂入室了。首次踏入這放療室，撲眼而來，對面牆壁一排直豎著十個八個搖籃，就像一列木乃伊人形內棺，也使我馬上聯想起，小時目不大敢斜視急步而過的棺材店中，夾木合成、橫切似梅花型狀的國色壽木。

仰臥在自己的搖籃上，治療師晃來晃去替我左右打點，我一眼瞧見她衣襟上的名牌。這位女郎名叫「命運」！我禁不住噗嗤笑了出來。此場此景簡直就是一齣超現代荒誕好戲，劇景天成，千金難買。

「最好不要笑，」命運說：「不要動。」

「你的名字叫Destiny，很不尋常，」我說：

「我不曾聽見過。」

「是嗎？不錯，這名字本來稀有，但近年開始似乎慢慢的流行起來了。」

有福不享不是道理

治療開始之初，幾位友好都說要陪我到醫院去。各人的好意我全部婉謝了，因為手術之後恢復得很好，療程開始之前一切已重上軌道，我手術期間寄宿護理樓一個星期的丈夫，也已接回小公寓中同我照常起居了。

治療之事不像手術那樣速戰速決，而是長命工夫，動輒半年數月，自覺病而無痛四肢健全，只要手有一書，我這個人就是坐牢也不打緊，何需浪費朋友的光陰接送陪伴？所以我說，等到副作用開始，有必要時再麻煩大家不遲。但是朋友擔心的不只是我碰破自己，更怕我碰爛別人。

不要怕，我說，因為我有大好的消息，接到醫院通知，當局有個政策，治療中的癌症病患，車子可以停正門口，有服務生免費代為泊車，泊去又送回。這一來，我的癌戰就已打勝了一半，因為比癌症還叫我擔心的事，就是在醫院車山車海的泊車大樓裡，巡來迴去都找不到一個前後左右都沒有車子的位置，讓本人無災無禍款款泊入。癌症雖然不受歡迎，我說，但既來了也是機會難逢，既有免費泊車服務，有福不享不是道理。

麻煩既解決了大半，還有小半就不算甚麼了，那就是天天牛飲一杯又一杯的「化療放療解毒劑」。那東西是姊姊遠道扛來的藥材，熬了幾日幾夜才熬出來的仙液，一杯一杯的冰凍妥當之餘，臨行前要我慎重宣誓，每日必飲不得開小差。此仙液係八片北芪、八粒去核紅棗，加一湯匙的杞子，三碗水燒剩一碗湯所熬成。要知道，乾杯一次易，乾杯百次難，杯杯一一喝盡是需要個人良心兼無比毅力的。

比起許多重症病患，一波三折沉多浮少苦不堪言的治療過程，我的抗癌過程就像我開車的那模樣，胡胡混混、像患了幾個月纏纏綿綿的感冒骨痛似的也就過去了。不是呆人呆福，是造我者無限的眷憐，因為祂知道我的本體，思念我龜殼之下不過是隻蟑螂。小茴香大茴香、烏龜蟑螂、各從其類，唯祂知我品種、量過我的尺寸、遞給了我一個唯我能躺的搖籃。

＊＊＊

萬物各有規律，病中支援的好友們，亦是各從性別順理成章，要陪我就醫的是女界。男界，連外州幾十年前團契的老同工也都掛號自告奮勇，要在非常時期前來替我值勤照料丈夫，使殘有所養病有所息。

此情此誼使我感激由衷。但想想親兮友兮無不是書呆子出身。知己知彼，若有比女書呆子更呆的，就是男書呆子；還有比男書呆子更呆的，就是老不益壯的男書呆子。再想到照料殘疾之事，細節煩瑣，都是自己一步一跌錯多漸生巧，一點一滴累積而來，無科學可言無系統可說，要速成傳授實也不知如何下手。

所以我說，手術當日就麻煩一兩位前來陪同老先生守候消息可也。此外，我還接受了一位朋友權充我的「交際祕書」。治病期間，一切中外友好關懷詢問的電話全接到她家去，由她答話「發佈消息」。至於其餘事務，我就心領了。我說，我這人沒有享福的恩賜，生為蟑螂，身不由己，要我好好躺下睡個大覺，工作讓你們去做，除非回到了天家才有得商量。此生一息尚存，有頭無頭沒有分別，要我不跳就是辦不到。

再者，亦如上面稍為提過的，我們所租住的老殘公寓，其實有按步升班、三級跳高的設置。我們現住的小公寓是第一級，所謂「獨立生活」級，第二級是「助理生活」級，最後一級是「全時護理」級。負責人事實上亦早已找我談過話，說是丈夫的情況在她看來早已超過了「助理生活」級，不時勸我面對現實，快快將他轉去全時護理，免得二人兩敗俱傷。

那女士每次獻議我照例都是一口拒絕，她也是照例把我沒法，沒法之餘也總是照例頻頻搖頭，嘆是沒見過像我這樣獨立的人。言下還有幾分實在佩服之至的模樣，卻不知她其實是完全表錯了情，殊不知大懦是可若勇的。我之所以一口拒絕是因為不能將丈夫寄出，而丈夫本人亦不肯投郵。也就是說，直到癌訊光臨時。

穿花衣服的女人

及至我自己的手術在即，思前想後不得要領的時候，這次終於是我自己找上門去請求安排丈夫寄住護理樓了。但是仍然是君子協定，落筆先聲明，為期只一星期。入宿讓我擔心的事情之一是，已經失去手力控制的丈夫，是否有人有耐心服侍他慢慢吃飽？

飯廳中他被分配在重殘障的桌子。他告訴我，全桌十個八個人，老太太居多，沒一個有胃口，沒一個要吃。大半的人都在打瞌睡，工作人員餵一口叫醒一次，有的人一睜開眼睛便生氣。一聽我心都沉下去了，這不簡直就是愛麗絲夢遊仙境裡睡鼠茶會的翻版嗎？這次是笑不出來了。

我問吃的甚麼東西？丈夫說不知道，餐餐不同色。他說，all color-coded（顏色為記以茲識別），用起從前醫院工作的術語來。後來我得知為策病人安全，餐食全部依殘障程度或剁碎或磨爛，但倒不是全部混合亂剁，而是仍各從其類的分開來磨，所以盤中餐雖然就裡不明，卻仍一劑一劑的保持著原來不同的顏色，綠色大約是青菜，灰褐色大約是牛肉等等。我聽著便反胃。很難吃吧？我問。不難吃！問者有心不料答者居然無意，還頗為滿意的模樣。釋荷之餘我不禁好笑，心想，誠然，少年負軛是好的，丈夫成長於三餐不繼的國難時期，以至於日後一生胃口靈活凡物都吃，凡吃都樂，正是為他老年的今天作了最佳的準備啊！

衣食分明無慮了，探探其他日常。丈夫告訴我，昨天有個穿花衣服的女人跑入他房間。我聽了一驚，不是擔心閒人擅進，而是心想莫非老先生在護養樓中近呆者傻，腦筋開始出問題了？因為如果我寫小說，這正是我想像中的呆人說夢。

後來我同一位曾去探望過的朋友提起，朋友說，沒錯，那天他們在丈夫房間裡陪他玩牌的時候，的確有一個女人進來過，大約就是那位花衣服老太太吧。其人由門外經過，朋友說，看見裡面有熱鬧便不請自入，呆呆的參觀了一會、繞場一周，便又呆呆的出去了。她沒犯人人沒理她各不相擾。

換言之，可以想見，老殘護養院不論多麼及格，工作人員不論多麼盡心，總還是個叫人無法雀躍、令人嘆息的地方。衣食無慮不錯，但是人活著不是單靠食物，其餘便得自己去張羅了。四肢不缺的人，像那位花衣服老太太，可以散步周遊。不能行動的人可以同電視大眼瞪小眼相依為命，不嗜電視的人可以看書。這點丈夫倒跟我完全一樣，只要手有一書，身在何處都無所謂。但是看書就得翻書。乃是等到丈夫失去了靈巧細活的指力時，我才驚覺，原來翻書是一個多麼高不可攀的巧技。可幸生性溫和忍耐、能屈能伸的丈夫，看書不能翻只是落寞對書呆坐。換了我，終日面對殭書一頁，能不號咷大哭，像拉結哭她的兒女一樣的不肯受安慰？

如此這般，在我手術完成休息數日之後，丈夫的出家生活終告結束，其歸家的喜悅有若浪子回頭，更別說朋友們送來錦上添花、問病慰勞的那些山羊羔肥牛犢了。

這次被迫上涼山打坐了個把星期，護理樓這一步突破是突破了，但是只加深了和尚對紅塵的依戀。菩提本有樹、明鏡亦連台，明明在家好，空門去你的。

高高在上的一個人

話說丈夫的殘障逐步加重之先，社工人員已一而再的勸我將他送去護理樓，而我亦一再拒絕，但是有一點我倒是讓步了。我接受了她的催促，答應讓她替我找個兼職的看護來陪伴丈夫，讓我能有點休息的時間。

原來社區當局有嚴格規定，「看護」必須經過他們調查審核、打好指模、發給了通行證才准予僱用。女士拿出一個核准的名單給我看，介紹逐個人選給我。

名單上大部份是已退休人士，女界絕大多數，多是離職護士；男的各行各業，包括 IBM 和其他各種專業人員，連警察都有一個。女士說，這些人不只是為錢而來的，而是興趣使然，覺得陪伴殘障是件有意義的事。

我一面聽一面揣摩，以丈夫的情形要選自然是選個護士了。對方亦同意。我說，不要太年輕的，爐火未純恐怕不夠耐性，但也不能太老，因為我們這位不光只是來陪伴聊天，還得使上好些力氣，別要像我那樣子半斤扶十兩的，得要個身體壯健塊頭夠大的人。

演繹之餘歸納了兩個可能的人選。我說，且讓我回去同老先生商量商量再告訴你、再作最後的決定。既然已經胸有成竹，而我亦確信丈夫與我同一看法，回去時便只是例行私事的匯報了一下我和女士溝通的始末，略略介紹了名單上的成員，並告知我們所得出的結論。那曉得報導完畢，丈夫靜靜的說：

「我要那個警察。」

這真是大為意外，完全出乎我對他四五十年的認識。因為目瞪，我便口呆了；能夠閉嘴，總是好事。不過事實上人生至此，我亦已稍微學會，對突如其來莫名其妙的意念，不敢再不加思索隨即掉以輕心。經驗已告訴我，豈知「非同」的智慧、「非同」的意念不是「高過」的智慧、「高過」的意念？甚麼叫作神來之筆？

＊　＊　＊

警察查理是一位黑人，一頭葡萄乾捲髮，體態魁梧，身高幾近七尺，退休前是他母校大學城裡的警官。第一次見面，我何止肅然起敬，簡直是自形卑微得無以自容。我明白，他只要舉兩隻手指就能將我們捏個灰滅。其人跟前，我兢兢業業，很難想像是我雇用他前來服務，而不是我被拉夫來服侍他。一開始，查理便聲明，雙方彼此一律直呼名字。他沒有要求我們稱他警官先生已經不錯；這樣高高在上的一個人，反過來不過要求兩個小矮人同他平起平坐，豈敢豈敢都來不及，還有甚麼不OK之理！

我鼓起勇氣開口。

「我主要的要求，」我說：「是希望你能替我先生做兩件事。第一，希望你扶他走走路，帶他到運動室去踩踩腳踏車，雖是極慢速度，總勝於無；我希望竭盡所能，替他保持一點剩餘的體力。其餘的時間就請你逗他聊聊天，鼓勵他開口多多練習口齒。」

「沒問題，」查理說：「我對歷史甚有興趣，他喜歡歷史嗎？我們可以討論歷史。」

我躊躇道：「隨便講講話就好，或者讓他對著書慢慢的朗讀也使得，你看情形就是了，主要目的是希望你耐性等他逐字吐清，鍛練鍛練他的口齒。目前我每天同他讀幾頁書，我一段他一段的輪流讀著。中文我們讀傳記故事，英文則用聖經。我們是基督徒。」

「基督徒？」查理高興極了：「我也是！」他說。原來彼此還都是主日學老師。

那還不好辦？讀聖經不就是了！

查理教會用的是英王欽定本的現代版，為求師生劃一，「開學」之前我便買了一本丈夫慣用的新國際版本，順便也夾上一本哈利聖經手冊，一同送給查理作課本，這一下二人那還愁缺乏共同言語話題？查理高興之餘，一定要我們寫上贈送的上下款。我代丈夫執筆。如今想來有點後悔，怎麼不讓丈夫自己簽送，其時其字跡雖已艱澀，總還有最後的一點指力，劃字還可以成形。沒多久，就連這一點能力也告別了。

無論如何，爾後查理上班，總是夾著一個拉鍊黑皮套。不知裡面是本聖經的話，倒似大人物上辦公室日理萬機，而且看去公司業務不錯的樣子，因為老闆腳步輕快面有喜色。師生二人一健一殘一開始便相當投機，不多幾日便成了真朋友好弟兄。查理從此不再呼弟子名字，只喊Buddy（老友）。時至丈夫去世後，有一次我去省墓，居然遠遠望見查理也在那兒。我坐在車裡等他離去我才出來，我不想驚動他，也不想他驚動我。

回到當日查理開始上班時，第一次到運動室是由我帶去，因為我需要示範如何用我自備的帶子將老先生綁牢在腳踏車上，免得身一側有摔下之險。示範完畢讓查理實習，但見他像抓小雞一般一手便將輪椅中人提起，活像神燈裡跑出來的巨人，輕而易舉便將阿拉丁放到車座上。較諸我們二人平常九牛二虎、拉拉扯扯、千辛萬苦才將要運動的丈夫弄上腳踏車上去，真有天壤之別，令我大喜過望。

至於二人讀書上課的事，我則從始至終不曾過問，從未旁聽、從不在場，所以他們讀的甚麼我全不知道。只是不到一兩個月，查理便一再的告訴我，他由丈夫得到很多教益，認定他是天父派來造就他、給他聖經訓練的。可惜二人有問有答、有切有磋的日子不長；年多以後，丈夫口齒越來越艱難，而不久查理自己亦患上了咽喉癌，幸是早期，還能醫治，只是頗長的療程中連查理本人亦沙啞失聲，二人對坐嘔啞嘲哳難為聽，但是靈犀仍通。

這期間有一天我回小公館接班讓查理可以回家，查理離去後丈夫一直有話要說，極不尋常，他講得吃力我聽得也吃力，聽了半天彷彿是查理打扁了甚麼東西似的。

「查理打破了東西？」丈夫搖頭。

「查理，」我再慢慢的猜。「查理要大便？那跟你有甚麼關係？」不料丈夫應聲噱笑、一陣狂咳，咳個不停，幾近窒息，嚇得我猛搧他的肩頭（護士告誡不要捶背，會弄巧反拙云），請他快快收歛。

笑罷咳罷重新慢聽細猜，終於案情大白。原來查理治療中忌日曬，需要買頂「大邊」帽子戴上，但男裝大邊帽遍尋不獲，丈夫希望我設法找一頂來送給他。這種差事男人好似踏破鐵鞋，女人得來全不費工夫，我次日便交差。

查理治療之後，慢慢撿回了聲帶，只是還未能恢復前嗓，但假以時日有此希望云云。他信心十足，預先向我申請，等他歌復原喉的時候，將丈夫借給他半天，他要帶老先生到他們教會去作禮拜聽他唱歌，介紹他同大家見面。

這一天丈夫沒等得到。此是後事。

南瓜兩隻變三隻

我接到癌訊之時，查理正好剛剛開始了每星期三天下午到小公寓來陪伴丈夫的工作。我手術的期間，查理更幫忙了好些平常由我打點的起居細務，所以丈夫的一切風吹草動他都清楚。

我手術過後丈夫重回自家公寓，有日查理私下同我說，他有點擔心，病人的情況似乎一下退步了不少。當初他猜是因憂心我的疾病所引起，本以為風波過後再接再勵的幫他鍛練、慢慢就能回復機能，但看來似乎失地難復了。

這正言中了我的隱憂。風波之前，雖然丈夫的體能像預期中的每況愈下，扶持越來越不易，但到底二人合力，起居生活仍可以得過且過的應付過去。但經過最近的折騰之後，丈夫似乎瀕臨喪失最後剩餘的資源了，每扶一步往往就得坐下歇息，等候殘喘歸來才能開腳第二步。摔跤的話，我已完全無能為力了，唯有袖手旁觀，無論多麼不便多不樂意，也不能不耐著性子等候美國大力士們姍姍臨駕，大費周章的營救了。

但即使這樣，我們在好友盛情的鼓勵和無微不至的籌畫和扶持下，還是作了一次十分愉快的長途旅行。這也就是我曾在另篇散文〈線〉中所提到過的一次，也是我們最後一次的旅行。

行程十多天，一切有朋友代勞，二人無憂無慮盡情享受久已遺忘的生活。別的就不說，一大意外的收穫就是，老先生在男性朋友的照護下得以暫時重拾大丈夫的尊嚴，不需再低頭垂目入婦女之區。因為長久以來，自從失去行動能力、起居細節都需要幫助後，但凡到公共洗手間，他都被我一手拐入女廁。這一大膽行為是一位朋友傳授給我的。起初，當我帶丈夫外出時，最擔心的事就是需要上廁所。男女之間真是左右為難乏法可施。後來幸得這位朋友曉我以大義。她說，她是這樣想的，既沒可能腳踏兩船，或男或女必須孤注一擲，於是想像一下，女人帶著異性殘障入女廁，總要比女人推著男人入男廁文雅些吧？得出這個結論之後，她幾十年來就都這樣打發著她輪椅中的丈夫，從來通行無阻不曾引起過任何風波，因為人人一看便明白這是取鬧有理，便不見怪了。這一啟蒙大壯我膽，替我們解決了好大一個難題。

整個旅程，環境新鮮老友重聚，病人精神為之一振，四肢百體沖了喜也似的變得出奇的合作，去來無恙。只是身體這個東西最是精靈、又最無賴，一回到家裡，立即意識是回到了解放區了，行為立即恢復無法無天，要喘就喘、要跌就跌隨身所欲了。起跌之間我們諳然領會，二人幾年來合力的抗戰，看來已屆兵完彈盡瀕臨或投降或覆滅的最後關頭了。可是抵抗雖已無力，但投降我們仍然無意，反而加緊切求，但願能撤去這不堪設想的苦杯，懇請天父縱容縱容，照我們的意思給我們手下留情。

＊　＊　＊

一天，我外出辦事回家，收到查理的留電。丈夫在運動的時候呼吸困難氣喘不過幾乎窒息，立刻送到醫院急救去了。破車不入廠則已，一入必有意外收穫，敲敲這裡又多了個洞、插插那邊又失了個蓋，折騰一番之後，總之殘喘不延是內出血以至極度貧血所引起。輸血供氧之後，病人面上居然逐漸恢復了久已不敢再奢望的顏色。隨著血色的歸來，病夫精神為之一振，往後幾天，我鎮日守在旁邊，光是看他每日如何將醫院一天三頓的雞肋餐，如何歡天喜地的掃光，便不只值回票價，甚而是加價，我都不願錯過這番失而復得的喜悅了。心底裡更是知恩感恩：我極少聽過有人，特別是華人，能夠忍受美國醫院飲食的；不能不慶幸，自己運氣絕無僅有，無力不必吹灰無米不必生火，炊由天降，何幸嫁給了一個如此門當戶對四海為家的胃。

莫非這病房這風景難得，傳到了廚房去了，醫院廚師聽見竟然有個病患知音得出奇，因而大為感動？還是其他甚麼不得而知的原因，總之，有一天一位頂著白高帽子的大廚居然出現在丈夫房中，如老友般問病人愛吃些甚麼。丈夫一輩子不曾碰見過廚房的禮遇，受寵若驚一時無以作答。我說，你們的手藝要得，你們燒的不論甚麼他都愛吃！字字誠懇，因為確是事實。

如此這般吃喝一番，入院時奄奄一息的急救病人，到出院之日看上去似乎又是半條好漢了，我們不禁又竊竊樂觀。然而此次住院之後不容直接回家了，必須轉入全時護理的中間站，直至醫生批准了才能回寓獨立生活。雖然極不願意，規矩卻不能不服從。

我癌患手術的一星期是丈夫頭一次寄宿護理樓，這是第二次。

＊＊＊

正如我所預料，每天到護理樓去探望，就像到博物館去看次次相同獨一無二的一幅畫。這幅畫不叫〈藝術家的母親畫像〉，不是那側身獨坐老太太的繪像，這幅叫作〈老人與電視〉。掛在牆上的電視逕自鬧熱，輪椅中人無視無睹低頭獨坐無言。電視上是新聞台，我知道大約是丈夫自己請求的，手不受駕馭的人，連電台更換都得假手別人。雖然人人似乎都樂意服侍，甚至分明有幾分偏心這位安靜合作的病人，但人人都忙，哪好招來喚去給人增添麻煩。一天一個電台，流水新聞鸚鵡講話般的川流不息，看不看由自己就是。

丈夫房中那景色，丈夫孤寂的身影，叫我想起離鄉別井隻身逃亡的雅各，夜裡在曠野中躺臥以石為枕。然而這兒沒有天梯，電視與天梯天淵之別，心中斬釘截鐵，耶和華不在這裡，耶和華仍在幔利樹下，雅各非回家不可，曠野苦杯不接。客西馬尼的半個禱告……父啊，求你將這杯撤去……更成了我們囈語一般晝夜不息的呼求。

＊　＊　＊

數日之後，在我再三擔保請求之下，「雅各」果然又被批准迎回公寓之家了。這次劫後歸來，我們二人，加上查理，更是出盡九牛二虎之力，歇盡所能的幫丈夫鍛練，以祈避免曠野的不歸路。

演員算盤如此打，不料劇本卻不這樣排。一天清早起來，導演像是連一個餅、一皮袋水都沒搭在我們肩上，二話不說，又打發我們上路到曠野去了。我們百般無奈萬般委屈，但也別無選擇。

換言之，丈夫回家後不到一個月，哮喘加劇，內出血不受控制，情況又臨危急，又再度被送到醫院急救去了。

清楚記得，那是十月下旬。因為醫院進進出出，我多日無暇回家，最後抽個十五分鐘回去省視一下，但見滿園落紅，門前意外的擱著一隻大南瓜，南瓜周圍落葉堆積，可見已經塌在那兒好幾天了。葉堆中有張卡片。洋人鬼仔節，大南瓜是房地產經紀敬送。生意人消息真靈，大約聞知我們這些年來房子經常空無一人，指望我們賣屋。

這大南瓜可真要我的命，我無暇亦無力，但卻不能不立即處理，免得連壞人都確知此屋無人了。情急智生，不管三七二十一，隨即就地滾瓜，將瓜滾到鄰家門前。發現該處已有小南瓜兩隻，有眼有鼻已經雕畫妥當。上學上班時間，鄰家亦是空無一人，我也顧不了留字解釋，掉頭就走。鄰家門前，南瓜兩隻變了三隻，一大兩小，倒像童書裡的母子三人。瓜媽媽卻是從何而來？倒真是鬼怪節果出鬼怪事了。

打發了南瓜後急急再趕回醫院。這次丈夫入院不比前次，輸血供氧後仍毫無起色，床頭掛了一個手寫的大忌牌：「禁飲禁食」。四日四夜，無食無飲，唯一的水影是在點滴的袋子裡。渴不可當之時只能給病人以濕海綿潤潤焦唇，病人像吃奶嬰兒般微動著雙唇索求海綿的滋潤，一聲沒哼，仍是笑容不改。

夜深，我在電郵裡向外地老朋友報告，這次丈夫住院，我最懷念的是不再能看見他歡天喜地的享受他日用的飲食。同一道理，有話想說也不能再不加思索的隨口亂講，因為一個人可以軟弱到一個地步，連任何少少喜怒哀樂的觸動都有咽不過氣來的危險。

昨夜我有笑事一宗，我說，極想隨即向丈夫報告，但卻不敢開口。

昨天晚上，我在醫院門口等候朋友的車子來接。那熟悉的車子一到一停，我照常立即開門攀入，一面用廣東話跟朋友打著招呼。正要就座，不料，司機側過頭來說：「女士，我想你是上錯了車了……」一看，司機是位中年黑婦人，保母打扮。後座，我脖子旁站著個小平頭，一個四五歲的白人男孩，雙眼在如哈利波特眼鏡框後面，目不轉睛的瞪著我。

這一奇遇，我到丈夫出院後都還不敢報告，因為怕笑起來負荷超重喘不過氣。此次出院後病人不容再回家。山窮水盡已無路，我們再無選擇、再無抗拒的餘地餘力了，唯一去路就是投降。丈夫自此成為護理樓裡的全時居民。

正如本文之始所敘，去年在我們的四樓小公寓中，我給聖誕樹上裝時，丈夫坐在後面觀看熱鬧。今年聖誕樹再上裝時，丈夫仍一如去年，仍舊坐在小公寓裡，仍舊坐在我背後觀望，然而這次只是以訪客之身出席了。此時，他已正式入住護養院一個多月了。

由小公寓跋涉到護養樓的一段路斯曠野路，歷時一年。乃是直到當跑的路全都跑盡了之後，回過頭來重新檢閱，才發覺在地圖上面，路斯曠野不知何時不再叫路斯，已經更名為伯特利。

將夕陽載在杯中給我

……又一村的消息，從來不預先透露，對入境居民來說，此是山窮水盡最後一步的絕境。

將夕陽載在杯中給我，
算算早晨的酒壺
有幾個沾滿了露水，
告訴我早晨躍跳了多遠，
告訴我編織漫天碧藍的紡工
甚麼時候睡覺。

——愛蜜莉．狄更生（美1830-1886）

此刻談聖誕，為便利起見，姑且稱在〈聖誕樹的故事〉一文中，買樹的聖誕為第一個聖誕。接下來是〈搖籃曲〉那年的聖誕。本文的聖誕就是第三個聖誕了。

聖誕之三，我一口氣打扮了三個住處。

常聽見有「兩頭家」之說，我們僅一夫一婦卻登上了三棲之戶。朋友之間，三個棲室各稱「大公館」、「小公館」和「護理樓」以茲識別。

聖誕來回佈置了三處。一則因為我雖然治家無術，洗掃入廚，本來就得過且過無心上進，近年更無餘力，理應多一事不如少一事，但問題是，佈置於我並不是多此一舉，而好像是維生之需。有人心情沉重時就吃東西，我則似乎越是殘喘不延，一蹶難振，便越得給自己一點眼福，滋補滋補。買盆花，或是擺個悅己眼目的小陳設，就可為我收驅灰逐暗之效。有沒有人看並不要緊，何況還真有人看呢。

老家「大公館」的大門，我照例是必會掛點青松紅果之類應節顏色，以示迎賓，因為左鄰右里，平時各忙各的很少見面，聖誕前夕，間中會有人家帶著孩子來祝聖誕快樂、交換個小禮物。丈夫不能再回家，我們晉升為兩棲戶之後的這幾年來，聖誕前後，但凡連我也不在家的時間（那是大部分的時候了），我仍會將還禮禮物和賀卡擺好在門前，免得來人撲空讓小孩子掃興。

「小公館」，丈夫護理過程的中間站，因為位於四層樓上落地玻璃門內，向街示眾，置樹掛燈，是三地打扮得比較熱鬧的一處，詳情在〈聖誕樹的故事〉一文中已述。總之，今年聖誕，「小公館」更是打扮的焦點，因為時至彼日，那小巢無形中已演變成丈夫的日總會俱樂部，入夜之後，更是我的投宿保安所。換言之，巢盡其用，日以繼夜，自然更值得打扮。

除了「大公館」、「小公館」外，今年又多了一處，就是丈夫茲已定居屆滿一年又一月的護理樓裡之終身病房。

去年此時，丈夫被抬進了護理樓，一去不回頭，風蕭蕭易水寒，哪來心情為拘留所、新「牢房」結綵？今年不同了，一方面「既來之則安之」是生存之道，二來去年無預知之聰，今年卻有回顧之明，聖誕來臨時不加思索，自自然然，就把「護理樓」裡的病房包括在打扮之列了。不但如此，我並且給那位我們曾躲避有年，最後也是她跟醫生串同，迫丈夫遷進「護理樓」的「社工人員」去了一封電郵。

親愛的嘉倫

「親愛的嘉倫，」我打入電腦：「在這聖誕佳節中，我們在數算一年的天恩，其中一個祝福就是你。當初我們一再拒絕護理樓的建議，最後是你不容許我們再有異議……一手將丈夫推了進去的……」

其實，「一手推入」未免誇大其辭，好比是斬釘截鐵速敗速決，大丈夫說了投降就投降似的。又一村的消息，從來不預先透露，對入境居民來說，此是山窮水盡最後一步的絕境，人人都是被背後的槍指著押進去的，哪有不將腳步盡量放慢之理？不錯，我們投降無疑是註定了的，病人本人已奄奄一息不再有氣力投票，只剩我這「監護人」已到村口心不死。

一年前，丈夫首次入住護理樓，其時我們胸無成竹、糊里糊塗、主義是從、不加思索便將病人交出，幸好只不過為時一星期。這次是終身投降，嚴重得多，可幸老馬已經識途，下馬無威卻有求。

上次的經驗使我明白，辦得再好的護理機構，病人仍不只你一個，工作人員一個蘿蔔一個坑，並無冗員，自然不能給予病人多少個別的照應，以沐浴為例，每星期只有兩次，更遑論日常的口齒運動、筋骨運動，及其他與生死無關的「侈奢」了。不錯，蘿蔔沒有多餘，但樓中的浴室和運動器材等設備，卻都是為最高度殘障的病人所設計，極盡安全的能事，理應利用，我於是要求容許查理進來就地加護照應。這要求馬上被拒絕，說是法律不容許無證照的人在護理機構內插手。不只如此，談話之間，我替輪椅中的丈夫整頓安全帶，護理人員一眼瞥見，居然還急忙請求我將帶子剪除，免害他們觸犯法律。晴天霹靂，這是怎麼回事？這條安全帶還是我最新的得意傑作呢。

丈夫逐漸軟弱身體難支之後，為策安全，我出了個主意，就是買來了好幾條綁箱子用的帆布行李帶；病人所到之處，不論椅子還是輪椅各裝一條，隨到隨扣，以防摔下。賤物利用乃權宜之法，自不是最理想。家居時應付得不錯，唯出門時若是輪椅上坡落坡就有點提心吊膽，惟恐帶子不勝負荷，萬一鬆了，椅中人便是骨碌瓜滾而出。因此我最近才想到，何不將輪椅拿到殘障用品供應店去，如此這般的請他們特別安裝一條正式的車座安全帶呢？輪椅送廠一天，耗資幾十，結果居然超過所想所求，十分好用，正在得意，誰能料到如此傑作竟又有可能被指為非法約束病人呢？

美國維護傷殘的法律，鑑於現實，對人性不存幻想，一板一眼防犯備至，動輒得咎，叫人食古不敢消化，這就是有牌與無牌之分。我自然也能明白護理當局的顧慮，也無意強人之憂，更無意嫁禍，所以雖然萬二分不樂意，還是把心一橫，就讓他們將安全帶一刀割掉。息事寧人。

如此這般，第一步要求既然不遂，只好退一步想想有無其他辦法。來回洽商結果最後議定，丈夫每日午飯之後回家，晚飯後才再送回護理樓報到入宿。除我本人之外，查理隨時亦有全權簽字將病人帶走。病人離開護理樓領域，回到我們自己的小公寓期間，查理照舊護理他的運動和洗澡等事宜，一切由我自負全責不受干預。如今回顧，原來這安排不就等於我們自己要求割地賠款？怪不得終於水到渠成皆大歡喜。不過，利人同時又利己之事最是可遇不可求。難得。

就這樣見步行步逆水推舟，結果不知不覺居然又回到了上船的起點，家門意外重新在望，喜莫大焉。丈夫從此開始了兩棲動物的生活，每日來回於護理樓和小公寓之間。二人聚聚散散漸成節奏。不久發現，節奏又可漸成樂章。

長久以來，難夫難妻通力合作、片刻不曾鬆懈過的急衝鋒二重奏生活，這下子這兒加進了一個休止符，那兒一個休止符，快板之後來一段慢板，有穿有插有強有弱有呼有吸。換言之，丈夫的起居有人分擔，最重要的是長夜翻身如廁亦有專人照顧，從此免去半夜三更在老妻手下扶扶跌跌之苦，而老妻亦能重嘗一夜賴床不起到天亮的奢侈。

總括一句，這次有所請求，有所洽商，是虧得上次的經驗，上次的經驗是虧得我的癌患。歸根結柢，癌患有益，廢物有用，萬事互相效力，負負得正。

* * *

丈夫成為護理樓永久居民之後，最令我息心的是，他在新宿舍裡人緣奇佳，人人似乎都欣然服侍這位新病人，尤其在司餐一事上。丈夫在飯桌上的表現分明替他贏來不少「粉絲」。面對實在讓人興奮不來的老殘餐食，這位新人不只不挑三揀四、拒嚼罷食，居然還真誠老實的吃得起勁、吃得歡喜、吃得感謝，大伙喜出望外，士氣為之大增。一位司餐工人跟我說，燕麥片他也愛吃，邊說邊向坐在旁邊的食客打趣的眨了眨眼睛。你知道為甚麼嗎？她說，因為裡面放了糖哩！

不正是！老先生在家吃了幾十年的衛生麥片，無色無味無嗅，原來餓兵千日就為此時。

晚餐，丈夫則仍然照舊回到公寓同我共吃。飯食由我領回自剁，雖然吃的仍是一樣的東西，但是今天食雞胸明天吃魚排，一清二楚，先看個明白而後剁，不再像在護理樓那樣，雞魚不辨有漿便吃。雖然我得聲明，這點似乎對我比對丈夫本人還重要。他不像我那麼的好奇，管它甚麼五柳醬菜，有吃便吞不亦樂乎。

丈夫入住護理樓後，有一晚我起意去看部電影，這是很久未有的奢侈了。雖然電影不過是社區以內自己的活動，並不需大費周章勞師遠征的上街去看，但因長久以來丈夫殘障的漸進，二人已久無餘時更無餘力去作如是消遣了。丈夫寄宿護理樓後，二人雖然仍不免筋疲，但已不至於力盡，我便起意說何不試試重拾看齣好戲之樂。

只是看電影就得趕一定的時間。晚飯前我照常先扶著老先生在小公寓內來回慢行、運動運動、鬆鬆筋骨，然後才坐到輪椅去開始進食。不巧這一天扶不牢，走不到幾步二人就一同塌地了。這本不是甚麼新奇的大事，為防此類不時的意外，我們的慢行運動早已是繞著一張大床而為之，因為摔在床邊可以就床之重、就床之力、邊扶邊撐慢慢的爬起來，只是時至當日，此能此力已漸靠不住。倒翁若是百試都扶不起來，就只好將就靠在床沿、坐在地上，另等高明來營救了。如我在〈搖籃曲〉文中已述，這種營救手續頗不簡單，美國法律私事公辦非常仔細不能馬虎，先得由護士經手檢驗填好報告、無損無傷，才容許大力士動手搬人。換言之，要花上好些時間。

我們時間無多迫不及待，等候營救好似度秒如年，那場電影眼看是快要泡湯了，最後我情急智生索性蹲下去，就地便餵起丈夫的晚飯來以爭取時間。吃到高潮的時候護士終於出現。護士一進房間，我還沒來得及迴避退讓地盤，她便突然大笑起來。我先是困惑，隨即會意，便亦呵呵附和。二人彼此感染越笑越凶，笑到揮淚腰彎。

真的，請問有誰看見過如此餓鬼？喉急到站起來都等不及？坐在地上便像隻巢中小鳥一般張嘴接食的大嚼起來！

這場電影我們趕上了。

＊　＊　＊

就這樣，我們開始棲息在「又一村」的林蔭下，生活漸上軌道，每天晚飯後我們照常一同晚禱、閒話家常到入夜，才將丈夫送回護理樓去報到。小公館到護理樓，所經廊道雖然此樓彼樓、上上下下、曲來彎去似無止境，但一想到我無需半夜開車大街小巷的摸索不只，而且上有屋蓋下有走道，福何其大。遇籃球盛季，有時上床以後我才忽然記起，即使是夜深人靜，亦不過外衣一蓋便鞋一踩就可以由小寓漏夜直奔護理樓，替癱在床上的球迷打開電視再回來上床睡覺。關機自有半夜查房的人代勞。

此非小事，因為大學籃球隊的滄滄桑桑，一向是丈夫生活的一大節奏，病中自然更是難得剩下的娛樂了。前年校隊榮獲全國冠軍，我趕快跑去大學商店，替他買回一頂誇勝的鴨舌帽，讓他在輪椅中招搖過市，風光風光。最後好球員都畢業了，我說，這個樣子半夜三更還要看嗎？他說，不看到底怎麼知道輸贏？

所以我們越想越談，便是越覺我們的新生活是不就是魚與熊掌兩者兼得？嘆是何等腳步走在前頭，為我們打點如此安營之所？我們樂未忘蜀，天天數算，仍然難以相信自己的福氣。

也好，因為原來馬上又有一坡蜀路近在眼前，又得重新起步去攀爬了。

第一千零一次

新春，朋友在餐館請客，一桌十多位老友載吃載談、無憂無慮，正是其樂融融的當兒，丈夫突然呼吸困難面色發紫，伸手一摸，手腳冰冷，闔席頓時手忙腳亂，召來救護車馬上送院。這是短短數月中的第三次入院急救，這次可是比前兩次更加轟烈。病人傍晚入院，整晚高燒不退，血壓落到谷底，克盡人力仍無絲毫起色，不只毫無起色，而且眼看螢幕上的生命線越來越衰微，只差一口氣就塌成直線了。敗血性休克！醫護人員個個搖頭面色凝重，好友們要留下陪我守夜。

我看急診部今夜特別忙碌，走廊裡橫七豎八的躺著等候派房的病人，家屬全都站著。我們好不容易分到的房間，斗室中到處都是救命的機器。病床一張，供一位家屬仰息的椅子一張，此外，實無餘地可以插足。半夜三更，讓朋友們到醫院會客廳裡守更，無道理也沒必要。還有最要緊的，我意味到又是一個雅博渡口近在眉睫，我急需獨自留下，面對馬上就要來找我摔跤的天使。朋友的好意心領，催他們快快回家上床去。

朋友離去後為避免阻礙交通，我亦迴避到一旁，不聲不響的坐在家屬專用椅子裡。靜觀進進出出的醫護人員，男男女女一個比一個年輕。丈夫休業數年，受訓醫師新陳代謝後一個也不認識了，更沒人曉得躺在這兒的病人是誰。對他們來說，這只是一個東方老人，言語感情不通，於是都又慢又大聲一句一句的同老先生交待，並且示意我從旁幫忙。我看他們那麼辛苦，這才透露了老先生曾在本院任教三十五年，他難以作答是因為已失口齒，但句句都還聽懂沒有問題，不需要我從中翻譯；再者，他之所以有時無法配合亦不是弄不清要求，而是因為早已動作維艱力不從心了。心想摩西的詩句確是至理，世人年日誠然如草，發旺如野地的花，經風一吹便歸無有，他的原處也不再認識他。這是必然的道理，萬物各按其時，世上萬事盡都有限，也沒有甚麼值得感嘆的。

醫護人員既已窮其所能，病人仍無轉機，剩下的就是束手等待自然結局。時間滴滴鐘漏過去，並無絲毫變動，最後兩位年輕女醫師雙雙進來找我。我一眼看出二人是初生之犢，畏虎，還不善難關詞令，彼此支持著一副不知如何啟齒的模樣。我會意迴避到一旁等候啟示。二人聲音很輕，說是很可能沒有希望了，問我要不要請院牧進來？我說，謝了，不必。

如此關頭要見一個陌生人非我所願。四十多年來我們就是彼此的院牧，任何關頭都一同面對，手續方式都已例定俗成歷久不變，此刻也無需兩樣。

我走到病床旁邊。躺在床欄後面的老伴微睜著眼睛，面色因高燒而意外的飽滿紅潤，一時倒好似回到了幾十年前在園子裡掘地移植狗木的模樣。

我握著丈夫的手，他的頭已不能轉動，但我看得出他完全明透剛才三頭會議的含意。

「看來天父有可能就要接你回家了，」我說。

他的眼神表示他明白，他同意。

「我們要不要準備一下？」我問。

「我們來背一段聖經好不好？你想背甚麼？」

「……」我毫無困難聽懂他模模糊糊甚為吃力的回答，因為我已預料到他必然的要求。

「耶和華是我的牧者，我必不致缺乏。祂使我躺臥在青草地上，領我在可安歇的水邊……」我讓丈夫以自己的速度慢慢的動他的嘴唇，我替他填充聲音。

「我雖然行過死蔭的幽谷，也不怕遭害，因為你與我同在；你的杖，你的竿，都安慰我……」

這首心愛的詩篇，隻字不漏，這該是他的第一千零一次了吧！

一遍背畢，丈夫自動的開始了第二遍。這次越背越慢，沒到一半他便迷迷糊糊的睡去了，這是入院後的頭一次安眠。清晨，險關衝過去了，血壓開始回升，終於撤離了急診部被送到加護病房。三四天後，救護車又直接由醫院將病人連鋪蓋原封送回護理樓。我駕車尾隨在後。

不遲不早，一抵護理樓，天文台預告、讓我擔心了一整天的雪這才終於開始下降，三兩雪花零星落在正被運送下車的病人身上。我尾隨病人入屋，回看天上飄雪，雪花已密織成簾，心中湧出無限的感恩。

這是年初正月。

＊　＊　＊

短短數月三次大折磨後，丈夫的身體狀況自是越加羸弱了，輸血像是成了定期的作業，哮喘亦是變本加厲成了逐日的搏鬥。到此階段，教會禮拜的時候，我們已退坐到最後面門邊出口之處，以便哮喘來襲之時可以隨即迴避以免影響聚會。這些日子，牧師講道時，輪椅中人不只低著頭，連眼睛也閉上了。

後來，有一天晚禱時，丈夫照常開口禱告，照例第一句也必是求主祝福「我們年輕的牧者」。「我們年輕的牧者」是他慣用的禱語。禱告完畢後他叮囑我，記得告訴小牧師（年紀極輕），他聽講道之時閉上眼睛不是在打瞌睡，乃是需要這樣才能集中精神。

夏秋之交，丈夫又再一次病危。

記得那是勞動節週末，護理樓裡除了輪值人員，人人都在休假，全樓一片靜寂，丈夫的哮喘便更聲聲入耳駭人聽聞，驚心之處教我想起「杜鵑啼血」。值日的好護士不斷進出給病人噴藥供氧，裡外夾攻克盡所能功效都不大。

午後，一位正在鄰城醫院值班的醫師弟兄打電話來問候。談話間，病人的哮喘聲音傳入了聽筒。朋友說，將話筒放到丈夫嘴邊讓他聽聽。一聽，他說，立即送院！

這次急診，把我拉到門外私語的主治，是位較為資深的專科醫生。其實至是，資淺資深任何私語已是多餘。醫生的警訊、醫生的憂慮，我已經耳熟能詳，但難得的是這次碰到個教書醫生不是讀書醫生，且是醫生找我不是我找醫生，於是馬上抓著時機提出請求。

「像我丈夫這樣的病人，」我說：「有沒有可行之法可以避免如此頻頻發生的危機？」

我告訴醫生，短短數月內，這是丈夫第四次入院了，動輒便得送急診是他所不能承受的。醫院實在沒有照護如此重障病人的人手或設備，每次在院三四天之久丈夫惶惶不可終日的是不知何時需要如廁而舉目無助，看著實在令人心酸！

我沒有心情，否則我可以演給醫生看，院方新試用的一副機器是如何如此如彼，像起重機一般的將病人一把吊起，然後徐徐降落在馬桶上。吊起與降落之間，老先生已失靈活的雙手是如何誠惶誠恐的抓著扶把。笑得出來的話實在不失為好戲一宗。順便一提，此機曇花一現只此一次，之後沒再重見，應是退了貨了吧？

我很感激，對方不只容我暢所欲言，而且分明是認真的在聽。我訴說完畢，醫生想了一想，說是護理樓裡日用的藥物可以加重一點。時至今日，他說，長遠副作用已不在考慮之列了。他答應親自同那邊的醫師交待。

這一著是丈夫末期病程中一個扭轉局勢的捩點。從此病人　呼又能一吸；一呼一吸福能雙至，福無可比。這是後話。

＊　＊　＊

暫且回歸當時，我同醫生談話完畢，回到房中照料病人的早餐。丈夫平安喜樂一如平常，胃口仍叫我這餵食的人很有成就感。餐畢，一天的生活開始，我們照常讀經禱告，不知不覺哼起了「全路程我救主領我……」這一首我們常唱的詩歌來。

丈夫若有所思，自言自語的說。

「……白拉克那……同事聽得懂……」

我會意，他是已經想到自己的安息禮拜去了。

這就得從頭說起。數年前我們申請入住當今的退休人士社區時，體檢等等繁複手續逐一通過之後，還有一項要求，就是立遺囑。律師給我們的作業一籮筐，許多並不涉及法律。法律上的細節且問且答，雖然不勝其煩，倒也罷了，萬沒料到一項填完到一項，突然請問喪事希望交由哪一家殯儀館辦理？我的呼吸一劫幾乎不復。題以類聚，對下一項徵詢喪禮備用的詩歌。經過了上一點的突破，這一項倒不算甚麼了，尤其我們信主的人，定了定神馬上體會到這一項不只很有意義甚至極為有趣，於是我們二人便是你一句我一句的彼此討論。結果我們選擇了〈祢真偉大〉、〈奇異恩典〉和〈全路程我救主領我〉。

有備是為有患，所以丈夫此刻的聯想我很快便領會了：白拉克那則是華人教會成立之前我們所屬的美國教會。我們不只曾在那兒聚會三十餘年，丈夫且曾擔任該教會的長老。我們是帶著他們的祝福到華人教會去的，和原來教會不時仍有聯絡。

我明白，丈夫此時提起白克拉那乃是聯想到自己安息之日，為方便美國同事，安息禮拜或者應在美國教會舉行。我沒答腔，幸而也無需回答。生死之事，我遠不如他的坦然。

我家選手

這次入院，丈夫作為護理樓永久居民已為時一年，換言之，他已熟悉了護理樓的環境，環境也熟悉了他。因此，出院之時便不再像前幾次短期寄住時的客串之身，而是回到了所屬的大本營去了。

這次回歸，當救護車人員用擔架床將病人推回護理樓時，行經廊道，兩旁的人不論工作人員或病友都鼓起掌來，像是迎接掛著紫心動章從伊拉克歸來的戰士。頸部已失轉動能力的丈夫，躺在擔架床上只能仰天展開笑顏作為回應。我替他補上眼目的接觸和左右招手逢迎的答謝，活像一個幫丈夫競選的賢外助。

說也好笑，自從丈夫入遷護理樓後，連我亦沾了光。

護理樓的工作人員頻頻向我表示，丈夫是他們最喜歡的病人。平常走在社區路上，不時亦會有陌生人同我笑面相迎親熱的打個招呼，因為認定了我必就是那位某人的查某。護理樓裡只此一個東方人，錯不了。有時甚至在護理樓停車場裡，亦會碰上一個半個探病後的病人家屬向我嫣然一笑，都說我先生 such a good man（好人一個）！我頗為好奇不知是如何的「好人一個」法？不便查問，只能微笑道謝，有時與到，還美國式的同意道，不正是，我運氣好啊！

丈夫住入了客棧不只老妻意外沾光，就連幫忙照顧、上文也曾提過、有權接送丈夫出入的那位黑人警察先生查理亦感與有榮焉，榮形於色，接來送去推著丈夫招搖過市，屢次跟我說，They love him to death！護理樓的人云云，疼他疼得要死！

有日黃昏，我照例回小公館接替，讓查理下班。一進門，二人得意的報告說是得獎了，丈夫手中還搖著一面藍紅美國國色緞帶綁著的奧林匹克銅牌！

其時奧運在外面世界正如火如荼的展開，原來護理樓當日亦同步舉行本樓「奧林匹克賽」以娛病患。我不看報告板，所以一無所知，午飯後查理照常將丈夫領回小公館去生活。下午三時多，查理報告，正打算開始為病人洗澡，不料護理樓打急電來尋人，非等到丈夫出現，比賽不開始云云。

賽是如何比法，幾人參加，沒去追查，金牌銀牌是誰人贏去亦不得而知，更不知別人是不是自食其力、自駕輪椅去比賽；還是像我家選手，是正襟危坐在輪椅裡，由護士推去衝線的？無論如何，像我向親友們所炫耀的，莫小看這面銅牌啊，我說，唯妙唯肖誰不刮目？真材塑料，是如假包換的中國國貨哩！

此外，還有奇妙，有時當我推著輪椅中人經過走道、迎面而來一兩個年紀輕輕的掃地女工同丈夫招呼問安，聲調還格外地提高個半音，就像逗家中一個小寶貝似的。我實在忍俊不住。怪不怪？我跟丈夫說，以你的年紀應該是眾人的乾爺爺才對，怎麼連小女孩都把你收作乾兒子了呢？

失去了口齒、失去了行動，事事都要倚靠別人的一個「無為」之人；「無為」，是如何「而治」的？真是不知道。我只能說，這大約就是詩篇中所說的「耶和華保護愚人」的意思罷。不過在此得說明一句，這兒的「愚人」倒不是"fool"。"fool"在聖經中譯「愚頑人」，是挨罵的，例如：「愚頑人心裡說沒有神」。「愚人」，英文聖經譯作"simple people"，「簡單人」也。夫妻幾十年，我早已發現，丈夫極其簡單，他自己更是百分之二百的承認，我們二人的腦袋完全門不當戶不對，本人的確是下嫁了。我高山他仰止；我複雜他簡單。但是幾十年下來我可以見證，複雜無益，福氣恰成反比。這似乎是天父的邏輯。

總之，丈夫在護理樓蒙恩有加乃是事實。

＊　＊　＊

先是剛住進護理樓去沒多久，工作人員很快便發現，這個新病人是日上柳枝頭、妻約早餐後，每日例行頭一件事就是太太駕臨替他梳洗化妝。大家覺得我們兩老有意思，於是每天早餐後，不論其他人耽擱到哪兒去，到時到候，大伙就會自動的將丈夫送回房間，安置好在懶人大椅上躺著等候約會。

梳洗化妝的服務並非不包括在護理之內，我之所以多此一舉，理由無他，是因為我既不善認路也不會認人。走了幾十年的一條老路，若是路口突然多了幾朵花，我肯定就會越過；老朋友換了個眼鏡、燙了個新頭，我就會擦身不認人。丈夫的本來面目，照顧的人本就不詳，何況值日的人天天不同，手勢更是各異。聽說邱吉爾有一次去理髮，髮師問他要理甚麼髮型？他說，別囉嗦了，這幾根頭髮還講甚麼髮型！豈知不是那麼說的啊，原來一個人的頭髮，只要多過三毛，撥中撥左撥右、涇渭之分比例如何，能使一個熟人變陌路，看來看去只是似曾相識。所以每天見面第一件事就是先將老伴的頭髮打回原形，這樣才能腳踏實地，才有話可說。

還有，護理工人很快也發現，這個病人的衣著不需要他們每天打開抽屜代為選擇，而是每晚由太太預先放好。乃因哪一天有人探病，哪一天要運動筋骨，哪一天要外出應酬等等，老先生一貫糊塗，只有跟班的太太清楚。節目逐日不同制服自然各異，看圖識字如此類推，哪一天禮拜衣服一亮出，大家就曉得，明星病人要去作禮拜了。人人好像都愛看他穿戴整齊，在玻璃大門內歡喜快樂候車來接的模樣。車一停門一開，護工就會自動的將他推出，幫我將人和輪椅一一安頓好了才往回走。

這點十分重要，因為時到當日，丈夫的殘障已到達一個程度，我便是有心亦無法再有力帶他到教會去了。他之所以直到臨終都不致停止聚會，教會那邊多得一位忠心到底永不遲到的弟兄，而起程上車這一頭就全靠護理樓的同人了。

如此這般，去年哭喪著臉被關進去的客棧，如今已成了一個值得留戀的歸巢了。不只人事上如此，連個房間也都由當初的柳暗進入了如今的花明。

＊＊＊

柳暗花明，本末是這樣。剛剛入遷護理樓時，丈夫分派到的房間，不錯，照例同眾人的都一樣，有個大窗，但不巧他的窗子卻給外面一叢繁茂的矮樹塞個正著，有窗若無，不見天日，不能行動的病人躺在窗內懶人椅中，賊靜，一動不動，就像埋伏樹叢中的游擊手。

前一次急診送院，塞翁之福，劫後歸來，護士通知換了個房間。我按號尋門卒先進去省視。一看，不禁拔腳就跑到負責人那兒去連聲道謝，謝不絕口。對方碰到如此的反應，亦感同身受歡形於色。

「這房間剛剛才空出（換言之，有人死了），」護理長說：「我馬上就想到你先生，他整天躺在窗前椅子裡，這窗景非他莫屬！」

房間一如舊房，舊房一如千篇一律的同樓病房，就像納尼亞傳奇故事中，魔衣櫥所在的房間，空間無多，檯檯凳凳乏善可陳。然而這新房的窗外卻是魔衣櫥背後開出去的另一個世界。一個可愛的小庭園，整齊有序，有花有木有水池。從此，已經無力翻書無能看書的殘年病人，每天掛著耳機躺在窗前欣賞園景，一面聆聽我不久前訂來的聖經錄音帶。丈夫去世的一天，音帶停在路加福音。新約聖經按序聆聽，這是第二遍。

所以說，去歲無以逃躲、一去兮不復回的傷心地，今年聖誕，已經脫胎換骨成了一個避風擋雨、能以歇息之家了。有了家的名分，聖誕來臨，自然就有家的裝飾。

結上金帶

這就是本文文首所說的「第三個聖誕」。話說此次聖誕，「大公館」、「小公館」既已彩掛完畢，接下來便輪到護理樓了。

之前不久，我在老家清理雜物，碰上了久已遺忘的一袋聖誕玻璃球。當日我們剛剛入遷新家，家當從缺，團契一切的活動全繞著一張乒乓球桌舉行；打球、用餐、查經全靠此桌，只差未曾在上面睡覺。聖誕時節，因為聚會所在，球室自然成了繽紛的焦點。玻璃球兩大盒，清一色聖誕紅，高高低低的從天花板上下墜，吊滿球室的上空，熱鬧非凡。

紅球仍然掛著當年結上長長短短的緞帶，我選了十來隻，原裝拿到護理樓去，一排別在大窗窗簾簾額上。簾布八字撥開束結兩旁，紅球於是高高低低疏落在簾上疏落在窗玻璃上，窗裡窗外裡外共賞，喜氣洋洋不失當年。

老家園子裡，丈夫多年前栽下的冬青小樹，今日應時應節已是紅果纍纍。我亦折下了三四串，結上金帶，掛在病房門上、鏡上、床頭上，自己看著開心，全樓同人似乎亦被感染，前來觀賞的不乏其人。

丈夫雖然生性沉靜，但靜中卻是一個愛合群的人。人出人入我見他喜形於色，便索性替他門戶大開閒人請進，又去買來幾盒巧克力糖，放在一個玻璃盤子裡，擺在入門桌子上迎賓。之後，巧克力逐日補充，每日一盤直到過完聖誕為止。

這兒的院規，工人的賞金是社區集體行動，嚴禁私自施受小費，違者開除絕無通融。就是說，平常接受格外的恩遇，除了口謝之外是不能另有表示的，此時應節趁機放幾粒糖應不犯忌。

其實今日人人怕胖，也沒多少大人要吃糖。護工們告訴我，他們每次進出房間，老先生一定要他們拿，不拿不罷休。一天下來每人的制服口袋裡就都有好幾粒糖，回到家裡孩子們一人一粒，倒是皆大歡喜。我問他們，哪一種糖比較好吃？都說是半隻乒乓球大小，包金紙，裡面有碎杏仁的一種。我打開一粒嚐嚐，也果真不錯。數年後的今日，執筆至此，適逢感恩節，重溫丈夫在護理樓的日子，心血來潮，不禁又跑去買了同樣的兩大盒糖，跑到護理樓去重新表示感謝。不料日子不可留，護理工人已經新陳代謝換了不少，連收糖的人我都不認識。

幸而當年在護理樓，如是慶祝聖誕這不是唯一的一次。次年還有重覆的機會。次年感恩節一完，我便一如去歲，懸球掛枝擺設糖果，一切妥當之後，亦如往年，第二件事便是著手寫聖誕信。

＊　＊　＊

丈夫得病以來我開始了一個新例，就是每年聖誕寄出一紙年度報告，因為年間，各地好友、丈夫的同事、祕書等人不時以他的近況為問，藉此一併詳稟。

今年的信是這樣開頭的：

「收信各位中，我的同代朋友不知還有幾人記得六、七十年代我們愛唱的一首老歌，"Morning Has Broken"？最近我無意中常常哼起這首歌來。」

晚秋感恩時節，曙色初現，獨自繞著社區的池塘健行運動。池周入雲高樹、矇矓倒印水中，四野空無一人，靜似一台布置妥當的場景，正在屏息等待開幕。然後太陽一出池水一閃，滿台秋色便在初陽探照之下突然亮起，火紅如焚。我自自然然便會哼起：

晨光已破曉，如太初清晨，
黑鳥已宣揚，太初之音，
謝賜下鳥歌，謝賜下早晨，
……謝太初之道，命有即有……

從前大家愛唱這歌是因為迷上了一位流行歌手的演唱，青春大眾都學著他的聲調哼著那抒情的調子，還以為是歌手自己的大作，其實這是英國詩人法瓊（Eleanor Farjeon）女士應邀為一首蘇格蘭民調所填的讚美詩。

此時此刻我獨個兒繞著池塘邊走邊哼，因為年日已遠，歌詞得搜索記憶；搜索，便得細思，發現心境竟隨著姍姍歸來的詩句而雀躍起來，這不正是自己此刻的衷曲？

明媚的初雨，閃閃由天降，
如太初露降太初新草，
主腳蹤所經，雨洗的花園，
完美的創造，命立即立。

朝陽我所有，晨曦亦屬我，
始源自伊甸第一線光。
全心的稱揚，朝朝都頌讚，
神又復創造新的一天。

「我越來越領悟到，」我在聖誕信上寫道：「每一天誠然都是一個非常的祝福。去年聖誕，何敢奢望還有今年的聖誕？」

聖誕信的結構，我一向是先凶後吉，先簡述丈夫一年的病程，隨後報告些年度花絮。

「去年此時，正值丈夫一連幾次危急入院，我在聖誕信上告訴大家。我的心境，愛蜜莉．狄更生形容得最貼切：『我的生命尚未結束之前俱已結束了兩次。』

「今年不同了，丈夫的狀況雖然一如意中，每況愈下、越來越殘、越來越弱，然而日落日出，藉賴天父逐日創造之恩，轉眼居然又到了另一個聖誕。不只如此，自年初入院調整藥物之後，丈夫全年居然沒有再受過一次急救送院的折磨，因此主日崇拜全年不曾告假。秋色滿園的季節，還可以出駕池邊，讓夕陽暖暖手腳。朋輩吃喝玩樂亦不曾缺席，不只沒缺席，更有一回口福齊天……。」

＊　＊　＊

口福齊天詳情是這樣。我們一批號稱「酒肉朋友」的同道友好，白首偕老，數十年齊心努力覓食的始末，我已在《望梅小史》一書中敘述過了。同批人物告老之後，江郎力盡，無人再有當年白手宴客之勇，一致通過，從今以後，彼此體貼不燒不洗，但凡想吃請到客棧，各人自食其囊。

起初為求稍有變化，幾間飯店我們輪流著光顧，後來發現此策乃是多此一舉庸人自擾。理由一則大家老來有的忌鹹有的忌甜，各有千秋；二則人人雖老卻無人真正長大成人，坐在一起其喧笑震天一如舊時。唯老不尊，在文明飯館裡不成體統，有失國譽。既無意自新，唯一辦法就是赤者近朱尋求掩護，索性跑到熙來攘往人聲鼎沸的飯館去吃 buffet，同普羅大眾一起趁墟。

話說大伙採取自食其囊制，行之有時已成習慣之後，有一天，圈中有孟嘗君夫婦突然宣布，除夕開年夜他們要請客。食日到，一如往常，幫忙丈夫上落車的一對朋友夫婦便依時上門勤務。我們一行四人同出同入，卒先到達了飯館，便亦依往例，誰先到誰招呼侍應為我們擺好一席十二餐位的大桌。

等候同人陸續報到之際，朋友建議我何不趁機先張羅丈夫的吃食？如此當人人到齊時，我便無旁顧之憂，便可以輕鬆的跟大伙同餐了。

我照例要了一盆既合口味、又易處理、無往而不利的清蒸魚。丈夫吃得入味，我們看著垂涎。一口復一口不知不覺已經吃到第二盆了，其他人仍遲遲不見人影。我們開始埋怨老友們壞習慣，不守時，來美幾十年都學不到人家這一點好處。

說著說著，大家不約而同茅塞頓開突有所悟。本地有兩間不相干的飯館，一是人助、一是自助，名字都差不多，莫非咱們有耳不用，先入為主擺了烏龍？這一下我們可嚇出了一身冷汗，因為可以想像一檯老友，望穿秋水不見我們四人出現，又無法用手機同我們聯絡，其怒髮之衝冠、血壓之沖天不堪設想，因為我們兩家無獨有偶，好容易才被死拖硬拉的加入了手機族，但有等於無，因為從不帶在身邊，帶了亦從不打開，開了未必有電，就是有電也雞手鴨腳莫知如何下手使用，因為月推一月都懶看說明。

開車的領隊朋友，硬著頭皮到櫃台同老闆借電話打到另一餐館去，果不其然果如所懼。我聞訊飛奔前去結帳，朋友夫婦亦急忙四手齊下，幫老先生塞手入衣穿著外套。離席告退時，我們一路道歉羞愧得無地自容，幾乎向老闆和張羅擺檯的小姐叩頭下跪。

如是出了第一關。

到了第二間飯館，我們將輪椅中人推在前面，三個隨從縮身背後。不出所料，迎面撲來酒肉朋友們一片哄笑貓呼狗叫。輪椅背後三個跟班只有傻笑，輪椅中人卻坐懷不亂，定睛掃射著檯上佳餚，一晚連吃兩大餐，口福空前難以置信。

花絮報告完畢，我說：

「可見我們的外體雖然日益衰敗步步維艱，我們的福杯仍然滿溢，恩典太多不能一一細說。但願恩惠慈愛與歡笑亦照樣隨著你們，敬祝聖誕新年快樂！」

是不是行了運了？

聖誕信寄就，完成了一件要事，心情比常輕鬆；晚飯後，閒聊時索性邊聊天邊替丈夫修起指甲來。指甲修妥後，照例坐到一張童式小膠椅上預備繼續料理雙腳。椅子坐好，將丈夫一隻腳由輪椅前、擱腳用的腳墊上抱過來放在膝上預備開工。

「老爺，」我禁不住戲笑說：

「你是不是行了運了？以前是你必恭必敬托本小姐的大腳，如今輪到小姐來托你的大腳了呀！」他笑著有點歉意，興味盎然似地等著下文。他知道我的修辭習慣，這是提綱挈領，另有文章。我笑著並無發表的意思。我對丈夫最欣賞之一點就是同其人講話全無張力，想講就講不想講就不講，全隨我意，從不會被逼供。

我這是在睹腳思故，想起了四五十年前剛到費城上學時的一幕場景。那時我們小小的華人教會裡，也許是因為負責人唐斯先生，除了華人教會以及醫院病患以外，還在救援流浪街友的機構當義工之故，因此有一位美國流浪漢經常在我們華人聚會中出入。浪漢名叫史廉，形容邋遢人人敬而遠之，尤其我們小姐們。

史廉目力極弱，伸手看不清五指，細緻些的事便不能自理。有天，我見他坐在教堂後座，一腳在地一腳攤在我們一位華人弟兄的膝上。弟兄正在為他修腳，旁邊還放了一瓶消毒酒精。當時兩個人物對我都是初識，不只無意多看一眼，而且快步走過因為覺得頗倒胃口。那時自然絕不能預知，托腳的人後來是我的丈夫；不只如此，更難想像，有一天本小姐會戴著老花眼鏡，安之若素理所當然地去反托其腳。人生誠是好戲一宗，此幕反諷之妙，在某一層面上可稱得上是西方戲劇中所謂的「詩意的報應」，就是恰到好處的報應。只是得坦白承認，此托絕不等於彼托。此托有所不托，比喻史廉的腳，外表已夠邋遢，彼腳不托，更何況史廉這人後來裡裡外外均討我厭。

乃因我們離開費城後從老朋友處得知，某次華人學生團契應邀前往附近一農莊過感恩節，史廉隨行。

農夫史多斯福斯的農莊，座落民風保守之賓州德裔移民區，男蓋草帽、女罩長裙、馬拉車，係觀光景點。有時有節，這農莊主人經常熱誠款待華人學生。我們在學時就吃過他們好多次的大餐。

朋友報告，史廉跟去的一次，餐後餘慶，他不自量力跑去騎農莊的馬，摔了一跤，竟將主人告到法庭去。同行各人自是極之反感，認定此人不講道義。

「史廉現在不知怎麼樣了？」我沉思著沒頭沒路的迸出一句，丈夫分明不知我在講甚麼。

四五十年了，史廉肯定早已去世，老農夫更不用說。無論如何，直到如今，我一想到史廉總還是替農夫憤憤，也還難免耿耿，覺得丈夫當日真是枉托了此人的大腳了。此念只是自思自想，懶得出聲，因為知夫莫若妻，此類事件我巧他拙，頻道不一，期望不了甚麼共鳴。

丈夫拙人拙福，一貫活得放心又輕鬆，常叫我這聰明人又惱又妒。對丈夫而言，托腳同看病教書沒有兩樣，他所認定的大老闆在天上。只要是這位大老闆叫教，學生來了就教，管他是醫學生還是主日學生。大老闆叫托，來腳便托，管它是甚麼腳，甚至是踢來之腳。多年以前他教學的初年，有次他一個重要的發現在發表論文之時，非他莫屬的第一作者的地位被一位同事霸佔了。這種事在競爭激烈的學術圈子裡不時會有，不值得大驚小怪，難得的是有兩位相關的同事替丈夫大抱不平，建議丈夫去抗爭，並且自告奮勇出面助陣。沒想到有這樣義氣的人，丈夫向我報告時說。我正高興並且十分佩服兩位老美的見義勇為，不料丈夫接著說，我跟他們說多謝多謝，只是我已經決定不去計較了。

當時我頗為失望，乃因對丈夫還存幻想。時至如今，終於知彼亦知己，終於認清了，我是嫁了一個夥計。跑腿是他唯一的志向，交差是他唯一的使命，得失盈虧是老闆的事，事不關己、己不勞心。相迎之下我是個自由個體戶，自己開攤子，自然頭痛得多。

回到史廉的農莊事件上去，事有湊巧，我們此談沒幾個月之後，震驚全美的槍手掃射學童後自殺的慘案，就發生在農莊所在區。學童傷亡名單觸耳驚心，聽來聽去似乎都是史多斯福斯，雖然知道同區、同姓也並不意味著血親，何況並不同郡、亦不盡同派別，彷彿受害的孩子，若不是同自己有過情誼的人就會比較好似的。無論如何，對我來說，來得突然的只是慘案，至於隨後受害人家如何在沉痛中表示寬恕，對凶手家眷如何表示關懷則完全是意中之事。我知道這些人，他們不可能有第二種反應，就這麼簡單。撫今追昔有話想說，但至是卻已對話無人了。

＊　＊　＊

回到修腳談話的當時，這時丈夫肢體能力已所剩無幾。僵直著不能轉動合作的一隻腳，修剪起來自然比較不易，因此大工告成時我有很大的成就感。當我將這隻修整完善的腳托回腳墊時，隨手得意的拍了它一拍，衝口說道：「歷盡滄桑一美人！」二人都吃吃的笑起來。

「歷盡滄桑一美人」是我童年住校之時，宿舍裡大伙常用的一句戲言，好像是當年的一齣電影還是甚麼。塵封了一個世紀的耳邊話忽然不呼而出的怪現象，不知有沒有人在研究，不知是屬於進化論還是退化論。總之，

「這雙腳，」我嘆口氣接著說：「也實在可以稱得上是歷盡滄桑了罷，不是嗎？可惜不是美人！」

丈夫歷來都愛向我娓娓敘述他的流亡學生滄桑史。他如何在初中之時便已跟著學長們，由澳門千山萬水跋涉到後方重慶去升學，路上如何丟掉了全部行裝。後來隻身

離重慶繼續升學，又是如何翻山越嶺去報到。路上復又如何同一個小號兵，和一位鄉間剛來剛認識的同學一同投宿在一間破廟裡。同學有鋪蓋他沒有。同學又是如何的慷慨，讓他一同瑟縮在自己的棉被下。等等，等等，我早經耳熟能詳印象深刻，確知丈夫中學大學全沒上過課，全在渡滄海、爬桑田、過險灘、攀峻嶺。

不是嗎？我說，這雙腳（隨手又拍了它一下），下至赤腳無鞋、草鞋、布鞋，上至膠鞋、皮鞋、甚至量腳訂製鞋，甚麼沒穿過？了不起！丈夫虛弱的臉上露出點點當年勇的氣息。

訂製鞋者，他在費城兒童醫院受訓時照顧過一個小病人，小病人康復出院時，他爸爸百般道謝之外還堅持要送他一雙訂製鞋。這雙皮鞋太高級了，有時有節才穿，一生就只這麼一雙夠有餘。此外，丈夫數十年所穿破的數十雙鞋，清一色都是便於飛跑上下樓梯的狗頭牌膠底鞋。

突然意識，如今擺在輪椅前腳墊上、已失效用的雙腳，居然就是曾經以健步如飛見著全醫院的那一雙腳。人生真是耐人尋味，正是赤腳有時，草鞋有時，布鞋有時，皮鞋膠鞋各按其時，全路程就是這樣一步一步的走過來了，沒想直到步履無力的時候，還有一隻腳墊，連腳墊都有其時。

說到腳墊，不能不做點註解。

先是我發現，一個人越來越弱、動作越來越維艱之時，四肢也隨之越來越怕冷、越來越容易破裂受傷。一天，在店裡特價堆中翻熱鬧時，一眼瞧見了這一隻呎多長、橢圓形小布籃子似的東西，籃圍半呎之高，全部是草綠色夾布包寸多厚棉花所造成，中央復又加墊一隻可以自由移動的墊褥，墊上加墊、褥上加褥，摸上去軟綿綿的舒服無比。心想，會不會是新生兒的迎新床，因為聖誕時若是蓋上些乾禾草拿來當馬槽，可謂天衣無縫。隨即聯想，這麼棉軟，冬日病人家居拿來歇腳一定也不錯。管它是何用途，買回再說。拿回給丈夫一試，果然愛不釋腳，頻頻稱道舒服，舒服，很舒服。自此每日下午查理招呼他洗澡，澡畢不再穿鞋，襪子一套便擱到布籃子裡去，一擱便擱到晚上、要回歸護理樓、非穿鞋過街見人不可時為止。凡五六小時，丈夫不論是看電視、吃飯、聊天、晚禱，輪椅到哪兒，籃子就跟到那兒。籃子忙著服務，忽東忽西，上面的招牌我一直沒去理會，最後有天我終於挨下身去將招牌拆掉。到手一看，原來是個狗窩。

何止舉一反三

我的好友玲玲，空巢之後時常懷念兒女小時候的日子，認定那是自己一生中最值得留戀的時光。她還有一個理論，說是兒女由襁褓至成人，作母親的若是天天都抱，從不間斷的話，理應可以抱到他們六十歲都不會抱不起。我說，有可能，但你自己就得永遠都不能超過三十歲。

這個理論不曾聽見有人去做過實驗，虛實不得而知。但同一道理，日夜相守不曾間斷的人，似乎真的可望豁免巴別塔口音變亂後無以交通的咒詛，起碼在我們身上的確福幸如此。也就是說，丈夫的聲量口齒，不論與日俱弱俱艱到何程度，我們仍不失耳有靈犀還算通。不過通者又分「暢通」、「差強人意之通」以及「陽對陰差之通」。「陽對陰差」者，例如已提過了的，查理需要一頂大邊帽，我誤是查理要上廁所，即使如此，一般來說只要耐性一點，我們二人牛頭終可對上牛嘴、乾坤不會差太遠。

而所謂「暢通」者則有範圍之限，限於二人碰面以後的共同經歷，以及成家後每年重覆三百六十五次的話。範圍之內，何止舉一反三，反十都不為過，比喻說，彼此的禱告內容。

我們二人婚後，晨更的讀經禱告一向保持婚前各自為政互不相擾的獨立，乃是到了末期病人無能為力時才慢慢蛻變成婦唱夫隨。唯睡前跪在床邊一同禱告然後晚息，卻是成家後很快便養成了的一個不成文的習慣，就像入宿後的學生，在熄燈鐘響之前向舍監老師報到的一般。這個一同報到的習慣由當年的跪姿，慢慢隨歲月演變成坐姿，臥病時甚至是躺姿。無論甚麼姿勢，數十年來幾乎稱得上是「全勤」。我們的習慣是二人輪流開聲禱告。

一向知道，人是個慣性動物，但並未想過可以慣性到何地步。讀過一則關於英國保母的軼聞。英國的職業保母素來見著，連邱吉爾之為邱吉爾，好一部分也都稱得上是保母的功勞。她們訓練出來的大少爺云云，即或不成大器起碼有小成績。例如在她們手下長大的孩子，成人之後無論得時不得時，鬆衣的時候，即使是在酒醉昏昏之刻，仍會撞撞跌跌努力的將脫下的衣服摺疊整齊。

慣性，是好是壞，有意義無意義，反正就是這樣，躲也躲不了。二人生活，你睡慣了床的右邊嗎？那麼右邊一生都歸你躺臥，從沒聽見過夫妻每晚都要討論誰左誰右的。一旦開始，下此為例，習慣成自然，省時省事省腦筋。我發現連我們二人的禱告也是如此。既是同禱，事項就犯不著重重複複，於是乎久而久之，不只代禱的事項各有一定的領域，領域之內復都各有一定的次序；最後不只事項有序，連被提名代求的名單也有一定的排列與組合。

我們的名單日積月累，不知不覺就包括了團契、教會古往今來的同工，尤其曾經同我們親密並肩過的人，我們便是天天在主前順著秩序代每人每家掛號交託。如此的名單自然是越活就越長，但也自必然是循序漸進各按年代、各就各位的排了隊。只是名單不論多長，不只絲毫難不倒我們，而且久而久之，二人各自的單子居然都譜出了一定的平仄音韻和節奏，口音變亂不變亂，只要一息尚存，不失字字猶在耳，名名仍清晰。

又者，就如上面〈觀雪〉一文中已經詳述過的，自從丈夫病殘後，我們又開始了每天一同溫習二人都已經熟記了的詩篇。每晚一篇，我一句他一句，這個背誦的習慣也沒有因為丈夫的口齒日益艱辛而不得不放棄。唯一的變化，聲調由起初彼此相等的強弱節拍，逐漸變成一強一弱、一快一慢、一正一歪。越往後，一啟一應便是越來越帶醉酒佬走路、一腳高一腳低的情調了：

「……神啊，祢的意念向我何等寶貴，」

「其……其……數……何……何……等……眾……多……」

「我若數點，」

「比……比……艾……海……鴨……更……多……」

「海鴨，sea ducks？」我問。

原來「沙」字的吐音對口齒的要求是這樣的高。口齒越失，諸如此類的諧音便是越來越多了。有時試多幾次，「海鴨」又會變回「海沙」，有時百試不靈，「鴨」就是「鴨」了。試來試去百折始撓，唯一目的當然只是為口齒鍛練，否則講者聽者誰也不可能誤以為「海沙」的確呱呱叫的飛起來了。

這就是我所謂的舉一反十。

「舉一反十」範圍之內，丈夫的思路、丈夫的話語即使是越出了常軌，甚至好似與現實完全相違也難不倒我；不只難不倒，往往剛剛相反，正是靈犀一點令我茅塞頓開。當丈夫的病程顯著惡化的當初，二人馬不識途，實在招架不住，心重如鉛相對無言。後來有一天晨禱時，丈夫突然一反落漠，禱詞第一句居然是耶利米哀歌裡的謝恩。

「主啊，」他說，字字由衷且讚且嘆。

「祢的慈愛每早晨都是新的，祢的信實何其廣大！」

我隨即領會，群羊的大牧人，不知甚麼時候必定已經按名字叫了自己的羊了；而祂的羊也認出了祂的聲音。我隨即督促自己挺起已下垂的手、發酸的腿，趕快趨前一步以免落單。

這就是我所謂的茅塞頓開的「暢通」。

完全是些閒人閒事

至於「差強人意之通」呢，那就完全是另一層次了，完全是些閒人閒事。閒事多管就是我們每日的飯後餘興。這類交通對答，因為全是路透社新消息，胸無成竹，舉三反一行進不易。但是正如一切西家長東家短的事，多繁多複，討論起來都不吃力。

就憑這些飯後切磋，加上我本人親身的耳聞目睹、接見交談，護理樓裡不下十多個服侍病人起居的男女護工，我漸漸對他們都有相當認識。丈夫外出活動若有奇遇、有笑話，例如我在醫院前面如何攀錯了一位黑人女士的車、除夕大宴丈夫如何大快朵頤後才發現吃錯了飯館等等，我都一一向他們報告，有嘻同哈。而工人之中誰在上夜校、甚麼時候要考甚麼關頭大試、誰的丈夫是足球健將、誰正在擔心移民身分等等我亦瞭如指掌。

談著談著，他們十多個人的長長短短，好似又再證實了一點人生哲學：人的確不宜貌相，尤其體力勞動方面，矮人未必不足，矮子往往還反而貨真價實矯健俐落；高大未必實用，巨人阿標就是一例，可憐雞手在上，鴨腳在下，距離太遠了反而難以合作。於是我們便又想起了一則老笑話。受訓之時，丈夫有過一位科主任，有一天主任搔首說道：「非常奇怪，怎麼工作做得最好的都是矮子？」主任自己也不高。

每天飯後我們就是如此閒話家常，都是如此甲甲乙乙品頭論足的討論著，我不時就會嘆道，哎呀，你看，照顧你的幾乎全部都是黑人，連查理都是，沒有了黑人我們怎麼辦？越想越覺實在欠了不少黑人的恩情。

* * *

護工中白人倒也有兩名，都是男工。

一位是新來的阿德。阿德後來居上，自他上任之後，巨人阿標的雞手鴨腳從此屈居亞軍，冠軍讓阿德搶去了。

阿德未來之前，我們都不知道護理樓裡原來也有一部機器，可以將病人抽起扶穩，因為素來所有照顧丈夫的人，包括身材偏矮的女工，只不過將雙手在病人胳臂下稍為一拖就可以將病人扶起，轉個半身便能將病人俐落的安置在輪椅之中了，起碼扶丈夫這樣身材的人絕無問題，六七呎之軀可能另當別論。唯有阿德這位新來的男孩，丈夫告訴我，總是推來一部機器，機上的繩繩索索老半天才綁扣得完，但阿德從不厭其煩，非等到繩索綁妥、將老先生抽起來，才著手替他穿衣。我說，或者阿德腰痛。

直到一天我同阿德見面，一看，那表人材並不似腰痛。其舉止之斯文、談吐之有禮、手腳之笨拙讓我馬上認定，這是個落難的書呆子大少爺。我忍不住好奇的問他，你是個學生吧？醫預科嗎？

大約因為我那一副〇〇七的聰明相，他揣摩迴避無用，索性坦白自首。原來他是個剛剛拿到商業管理碩士的學生，以後希望專業管理老人社區，在申請就業之前，他給自己定下了一個計畫，就是要先切身體驗一下社區中底層服務人員的工作。為著申請這份工，他接受了護理工人的專業訓練。我說，這工作很不容易很辛苦吧？是辛苦，他同意。但不論多難，他說，他已定意無論如何要挺夠一年。這一自首，我們對他不禁肅然起敬，不只客氣的沒追究他考護工牌照時拿到幾分，而且盡力的幫他的雞手合作，合作得還挺愉快。

* * *

阿德之外，另一位白人名阿扁，我們私下暱稱他為「肥仔」，是位快要考牌的護士學生。阿扁不是癡肥，只是稍胖，經常一套寶藍色工裝。藍色是我們二人都喜歡的顏色。藍罩下面，阿扁圓頓頓的身軀四平八穩給人以紮實的感覺。他著實也是手腳穩重可靠，並且對丈夫格外偏心，只是阿扁似乎缺少了一條神經。每次他給老先生洗澡之後我都不敢懈怠，必定得在打掃工人清理之前，趕到殘障病患的大浴間去，撿回丈夫的衣物行李、浴具零件，不然遺失了就得不斷的重新供應。諸如此類的拾遺檢點事宜，治家的經驗早已告訴我，喋喋不休威逼利誘全無作用，因為路拾己遺乃是違反自然，所以沒有希望。物件是遺漏在人之腦後，而眼睛是長在人之腦前，沒有可能碰面。後隨的人，別人的遺物和自己的眼睛兩者同一方向，所以造化命定，這是跟班的工作。阿扁，督促了幾次既都不湊功效，索性自己去撿還省事得多，何況阿扁功多過少，值得從寬。

不久前阿扁很高興的告訴我們，要到西岸洛磯山溜冰一星期。我說，應該應該，工作讀書得這樣辛苦。對！阿扁萬二分的同意，一面拍著自己肩膀自稱自讚道：「Well-deserved! Well-deserved!」——功有應得！實在是功有應得！我們永遠由衷的佩服美國人這份灑脫：前些時黑人查理才剛渡假、打了高爾夫球回來，如今又輪到白人阿扁去溜冰。

只是阿扁溜冰的一星期，我們提心吊膽，別叫樂極忘形斷了胳臂回來才好，老殘同人不能沒有阿扁啊。

阿扁終於回來了，四肢完整，溜冰則還沒學會，但是紅光滿面，可見值回票價。十二月初，阿扁一本正經的向我申請，問我能不能、放心不放心將丈夫交給他一天？

原來附近小城一間大教會有個傳統，每年聖誕必定上演一齣叫「大衛城」的聖誕劇，頗負盛名，遠近來觀者不乏其人，而每年他們都必招待各護養院的老人前來參加日場，奉為貴賓，前面幾列座位從來畫歸老殘上座。

我們這護理樓每年也都會帶一巴士的老人前往觀賞，只是參加者限於能夠自己行動上落的人；丈夫自然不在彼列。阿扁說，這次他被派領隊，很想帶丈夫一同前往，自告奮勇打點他的隨身藥物、張羅他上車落車、並負責他一切的起居。我衷心感激都來不及，哪還有不肯之理？

出遊之日我特別揀了一個我自己的聖誕別針別在老先生禦寒的貝雷帽之側，就像紳士派頭帽子上的那一根羽毛。藍黑色帽子上別著一個紅果綠葉搪瓷的小圈圈，別緻又應節。我給老先生照照鏡子，彼此都頗為得意。

護理樓巴士午飯後便出發。黃昏時候我預計大隊必已回歸，急著去聽報告並將遊人接回準備吃晚飯，沒料等在丈夫房中，望眼欲穿一直盼到入夜後人始出現。一個多小時的表演，外加兩小時來回路途，居然足足花了六小時始大功告成，這才領悟到雅各舉家回故鄉時，所謂的量著人畜的力量慢慢的前行是甚麼樣的工程。

歸人自然疲憊但仍不失興奮，證明此行不虛。我急不及待查詢細節，丈夫亦努力的稟報，但這次事關路透社新聞我胸無成竹，實在難以接駁得出乾坤，我只知道丈夫的確是興盡而歸沒有枉費阿扁的心血，但又彷彿聽見住對面房間的老太太品行似乎出了些甚麼問題。

這位老太太我早已對她頗有印象，其人時常扶著助行器在走廊上來去，表情煩躁，行色匆匆但又力不從心，既可憫又可懼，不易分辨是失智還是脾氣果然躁暴如此，總之我勢必急急迴避以策雙方的安全。有一次我經過其房間，聽見裡面有訪客，大約是教會人士吧，因為有男聲正在誦讀「……撒種的時候，有落在路旁的……有落在淺土裡的……有落在荊棘裡的……」我實在忍俊不住，大笑出聲衝進丈夫房中去報告。聖經一千多頁，不知是甚麼丈八金剛一點點中了這一頁，牛頭對個馬嘴，怪不得他們的教友牛脾照發。

所以聽說這位老太太有新聞，心想說不定精彩，怎能放過不打聽打聽？終於得到了阿扁的獨家報導，原來看戲的時候老太太老脾發作，人人聚精會神看表演時，唯她煩躁坐立不定，不只，一有人出台她還喊道，Boring！Boring！（無聊！無聊！）。先是坐她旁邊我們家的老先生忍俊不住，笑了起來，然後丈夫旁邊的阿扁也忍不住了，笑聲於是一個傳一個，人人雖不明所以，但人人盡都笑了起來。這是好事還是壞事我也不敢問下去了。

唉，童言無忌，白髮童言又怎麼辦？

回家吃好東西

聖誕新年喜慶過後，洋人一般都有點大起之後大跌的落寞感，唯華人興高未央，還有農曆新年在望。

這時候，我們的華人教會還沒有自己的堂址，是借一家美國教會來聚會。丈夫去世後次年，教會才遷進自置的新址。

主日崇拜，美國、甚至舉世似乎一律都在上午舉行，合情合理。午後才聚會的似乎絕無僅有，要不是非常懶惰，就必是出於無可奈何的理由，例如我們，因為借堂，所以必須利用別人的空檔，崇拜於是下午二時才開始。

今日回顧起來才覺察，午後聚會，原來是可遇不可求，丈夫可謂欣逢其末，否則不可能保持主日崇拜的福樂，莫說全勤了。

失去行動、事事得假手於人的人，不只不可能趕早，還得看天時測地利才可出門。冬日越早越冷，大冰大雪本地雖然不多，但薄冰薄雪則時有可能，不過往往只消三兩小時的日光，便可化險為夷；換言之，對行動艱辛的人，上午下午有很大的分別。

快到農曆除夕的時候，主日下午聚會完畢，幾位好姊妹不約而同的塞給我們好些年貨，茶葉蛋呀、年糕呀、糖核桃呀，看得老先生的倦目為之一睜、精神為之一振。加以是日天氣又是格外的和煦，是仲冬季節裡不可多得的好日子，我便決定這是開車兜風的佳日。丈夫出來一次實不容易，所以散會後黃昏未至之前，我便抓著機會帶他到處走走再打道歸巢。這種放風遊戲乃自丈夫被逼過著禁閉生活之後，在天時地利人和之下我盡力為他保持的一個生活節目。這和好友定期來陪他玩牌聊天是同一用意，就是希望在殘障步步追逼的獅口中，盡量的替他搶回兩條羊腿或半個耳朵，套用聖經中的一句形容詞。

所謂開車兜風就是舊址巡禮，溫習在此地四十多年的場場景景，意在讓一個與外界已經隔絕的病人，能同人世保持一點聯絡。

如今想來好笑，原來四十多年的大半生，生活範圍方圓不過三五哩，不下車，慢慢繞場一周半小時足夠。

遊覽路線通常是這樣，一口氣先開到三哩以外最遠之點，然後一步一址的往回走。

第一站是一座方方正正的紅磚大建築。大屋樸實無華，同周圍近百年老的紅磚工廠建築沒有兩樣，唯一與眾不同者，其迎街正門有一列頗具規模的台階，聲明了這不是另一間工廠，而是一間教堂。這是我們原先所屬的美國教會。

這教堂最初是為周圍的織廠工人而設。工業新陳代謝，機柱無聲之後，工廠建築雖然因有歷史性價值而被保留了外觀，然內臟已經徹底掏空、翻新，成為大學所屬的現代辦公樓了。我們的教堂相信是這一帶唯一一間裡外一致、古今一用、不曾變更的先代遺產。

堂址難得恰巧同大學副校園毗鄰，是以工廠淘汰之後，教會的服侍對象順理成章，便由織工轉變為學生。四十多年前我們到來的時候，教會幾乎全部已是學校人士；校園團契的學生們全都匯聚於彼，這也是為甚麼我們不知不覺便登陸於此。

我們初來之時，教會的長執同工中尚存一位廠工遺老。這位超級長老慈眉笑目，是眾人的老爸、爺爺，對我們兩個唯一的外國人也格外的親切。老先生口袋裡還經常備有糖果，小孩子仰頭一笑大喊一聲瑞斯比利先生，就會有一粒糖塞到他們的小手裡。

離開教會，西行不到五分鐘便到了大學正校園。車子停在校園中心的哥德大教堂前面的廣場，在這一定點，只要把頭一個左轉、一個右轉，全部繞場而建、也是哥德式的校舍便盡收眼內一覽無遺。一覽無遺是我，丈夫可不那麼容易，必須吃力的抬眼慢慢的掉頭，像一把轉動得極慢的電風扇那樣轉過去才能審察得著。

「那邊是甚麼？記得罷？」我指指右手廣場盡處的大樓，我不時會這樣提提，以集中病人的精神。丈夫垂了垂眼表示記得。垂眼像是比點頭容易些。

那是醫學院的原址，我們初來的早年，那就是丈夫的大本營。那時我自己的學業也尚未完成，時常泡在圖書館裡。而圖書館和醫院不過箭步之遙；時間許可之下我們有時中午會相約一起，走走校園，在大學飯廳吃個便餐。這種逍遙日子到新醫院落成後即告結束。

出離了校園，繞到新院現址，址當鬧街，不能徘徊，可幸丈夫的辦公室，窗門臨街，車子駛過可以驚鴻一瞥。

車子繼續南行五六分鐘便到了最後一站，就是我們自己的家。這一天我的興致特高，因為有新傑作要表演。

多年前丈夫在我們車路入口兩旁栽下兩株矮叢，細葉婆娑、四季長青而冬日紅果串串，一向十分醒目，但自園主離棄修剪乏人之後，漸呈一副落魄荒蕪的模樣，枝枝葉葉張牙舞爪，車子進出視野漸失，已經到達危及安全的地步，所以我前星期終於的起心肝大大削剪了一番。工程之艱鉅遠非所料，但既開了工，便死心塌地、一鼓作氣直到大功告成始休，當晚躺在床上，身倦心暢充滿成就的喜悅，不料次日醒來卻非同小可，手僵手痛到連一杯茶都拿不住，最後竟需見醫生裝了隻夾板手套。但還是值得。

「你看，不是隨便亂剪的呀，」我指給丈夫看：「這是藝術作品呀！」丈夫慢慢的掉頭到車窗觀望了一下，淺笑同意。

我得意的藉著他的眼睛，再度欣賞自己打扮出來的婆娑綠葉、掛掛紅果，實在覺得孺樹可栽、麗質天生，辛苦值得。

丈夫觀賞完了樹紅，又慢慢的轉目，觀看了一下整個家園。我這才注意到，原來長春野藤已開始蔓延到了前院。以前後園草坪邊緣外的所謂「自然區」中，野生樹木一向乾乾淨淨，我視為自然而然、理所當然，並沒注意是亞當在修理看守，直到最近才覺察，原來自亞當離園後，野藤月積年累，不知不覺已掛滿一樹。最近一天，在暮色中突然驚覺，林景酷似一隊罩袍罩帽的三K黨員，只剩下了兩隻眼睛。心想，不得了，得想想辦法了。此刻又復發覺，原來連前院也開始失守，採取行動更覺刻不容緩。

「下星期哪天天晴，一定得請個墨西哥人來好好清理一下了！」我說。

「好了，禮成，回去吃好東西！」

好東西還沒吃完

好東西還沒吃完，轉眼又到了星期四。星期四是丈夫一周生活的高潮，因為這是好友夫婦上門來陪伴的一天。節目多彩多姿，一會兒玩玩牌，一會兒扶桌肅立享受幾下拍肌鬆骨，一會兒四隻腳挾著兩隻腳走幾步六腳路，德智體群周而復始，轉眼便是黃昏。我回來接班時，在門外聽到裡面嘻嘻哈哈不亦樂乎，進門之後自然免不了餘音復又繞樑幾圈始罷，於是晚飯也比平日遲了一點。

晚飯後照常晚禱，晚禱後已經快到回護理樓用藥的時刻了，才注意到丈夫的頭髮有點失修，想想往下一連兩天都有特別節目，然後還有主日崇拜，今晚不理，要理便無時了。於是隨即快手快腳的打開了我的即席理髮攤。攤子擺好，一手按著丈夫的頭顱一手磨刀霍霍由下而上。

「看看鐘，」我說。

「這次要創五分鐘飛髮紀錄！」

別的本領沒有，理髮這一招，我完全可以同歐巴馬總統對喊而無愧，Yes, I can! 這一式理髮我已經幹了四十三剩十二回減一，閉著眼睛都做得出，擔保又快又不傷人。減一，是因一次丈夫在台教學超過了一個月，不能不求助於正式的師傅。那唯一的一次，我特別寫了一篇〈理髮記〉存檔。

如今回想起來，我們這一代夫妻可算是特別的得天獨厚吧，新婚時人人沒有一個不窮，上理髮店聞所未聞。婚前是同胞室友對剪，婚後任太太宰割，理所當然，人人硬著頭皮見人；見幾次，漸漸總可化險為夷，甚至化凶為吉。那時代已婚男同學的頭髮，一眼就量得出此人大約結婚多久，冬菇蓋頭肯定是新婚。

習慣成自然，穿慣布鞋的人不一定肯換皮鞋。

比喻我的丈夫，最後到有錢可以找師傅理髮之時，何止無意上店，簡直是絕對拒絕，認為是費時失事多此一舉。朋友中像我們這樣的人不在少數。行外人若以廣東人所謂的「孤寒阿鐸」一言以蔽之，很可能就正被王爾德一語而中之了，「價格無所不知，價值一無所知」。客氣一點的說法是，在上之心未必能度在下之懷。不錯，算起來省下的理髮錢說不定真可以換得好幾寸金，加上小費或者連一根金條都有份？光陰就更不用說了。不過老實說，我們從來未曾想過甚麼價錢、價值、寸金寸光等高調，只不過是順其自然。

現代夫妻講究定期約會，在餐廳晶瑩燭光裡，笑而不語相敬如賓，我們可是貼錢也不幹如此怪事。我們這些糟糠夫妻的定期約會是一月一次舉刀相見。一切既有當初何必後來多作怪？不論順境逆境、或貧或富、健康疾病，老習不改，我們的婚約加多一句，終生包辦理髮，至死不渝。

尤有甚者，到後來，連一批老夫也不知不覺的練就了一套替老妻修理頭髮的工夫。我這一位，手藝後來比我還勝一籌；不只一次，有中外人士向我討理髮師名字。還有一次，走在旅館走廊上，背後一位女郎居然喊道："Love your hair!" 我回眸報以神祕一笑，"Thanks!" 我說。乃是直到病殘無以執剪之後，丈夫的修妻髮廊才不得不打烊。

＊　＊　＊

言歸正傳，此刻我把丈夫的頭髮料理完畢，超過了五分鐘，於是趕緊將丈夫推回護理宿舍去報到吃藥。不料一出寓門，輪椅中人便開始咿咿呀呀的有話要說，這是極不尋常的事，因為這個素來言語不多的人，自從口齒日艱之後就更加安靜無言了，此時忽然堅持發表，不可謂不奇。

我說，你且別浪費氣力，我們先趕回去報到，到了房間你再慢慢的說，我得坐下來慢慢的聽才能聽懂。他就是不依，這就更為反常了，因為丈夫脾氣一向之好，親朋之間為之嘆止，雖然多年固疾纏身，仍依然故我，絲毫未改。但好脾氣的人，一旦固執起來，我也明白別無選擇，只好耽擱在電梯裡讓他講完為止。我彎著身低著頭凝神傾聽，聽明白之後，不覺又好氣又好笑。他是在嚴詞質問我為甚麼不鎖門？這又怪了，素來事無大小都是我在提他，從來沒有他提過我的。若是我也不記得的事，就真對不起，無疑等於無其事了。

有次我們在加拿大卡城市中心逛街的時候，巧遇當地電視台在街上採訪行人，問是用甚麼方法防止遺忘要事的。我們被攔住，麥克風塞到丈夫的嘴邊。他毫不猶疑的答道：「我問太太。」所以這次他忽然破題喧賓奪主，莫怪我不耐煩了。

多少年來我甚少鎖家門車門你不是不知道的，我說，怎麼如今正在趕時間的時候忽然大驚小怪，我還以為是甚麼大事。

我不鎖門的理由很簡單：遇賊的機率小之又小，把自己反鎖門外的事故多之又多，何必同自己過不去？我不鎖門之事丈夫素來無可、無不可的任我隨興，有時抗抗斯文議，給我吹點耳邊風。有一次我廚房裡正在炸東西，我們不約而同一齊關在外面，結果踢爛了玻璃，打開半扇窗子塞身入屋才得免火殃。之後，丈夫就連斯文之議都不吭了。這次竟一反往風，嚴聲質問不退不讓，一定要我回頭鎖了門才肯繼續走。為息事寧人，我只有沒好氣的往回照辦。

次晨，我照常到丈夫房間去做早餐後例行的梳洗，也就是我們二人每天生活的開始。

梳洗粗作我最喜歡的一步就是洗刷完畢之後，丈夫脫了鞋、蹺著腳，舒舒坦坦的半臥在大窗前的懶人大椅上，等候抹油抹膏。這最後一步手續給我最大的成就感，因為功效最為昭彰。梳洗可見的成績不大，唯抹油其效可觀，因為一個人的手手、面面經過摩搓之後，看去精神就會比較抖擻、容光不失煥發。

我一面替老先生塗面霜一面照常的開玩笑。

「嗐，」我說：

「楊貴妃塗的亦不過如是咧！」

的確，面霜這玩意我從來不信有男女之分；若真有，我絕對相信女貨必越男貨，所以我自己塗甚麼真哪嗱雪花膏我就一塌照塗丈夫，就像夏娃吃了一口好東西就遞給亞當，亞當高高興興照吃不誤。

「看，」塗完之後我讓他照照鏡子。

「這模樣好得可以去上班哩，不是嗎？」

他亦照例開顏一笑。

然後我們照常一同讀經禱告，之後，便開始了一天的分道揚鑣。

「記得啊，」我走出房門時回頭提醒。

「今晚我會比平常遲一點回來。那墨西哥人說起碼得做一天……晚上見！」

事因經過無限的拖延之後，我終於約妥了一位工人來替我們園子剷除累積了六七年的雜草野藤。今日正是彼日。

回家後第一件事是趕緊在墨西哥人未出現之前，穿就丈夫的牛仔工人服。我一向不做園工，除了舊衣舊服並無甚麼正式的戶外勞動衣。第一次需要自己下海，左翻右撿都無衣可穿，於是權且試試丈夫的牛仔工人服，一穿，雖然鬆鬆如也卻不致全失原形，掛在身上感覺良好，前所未有的通風舒暢，而且布料又夠厚，只要砍斷一截服腳，將斷層塞進襪管裡便是蟲蟻不入，天衣一件了。此後，丈夫的牛仔工人服就成了我的勞動制服。

就這樣，我手提一叉園剪，身穿一身工人服跟在墨西哥人周圍，隨時隨地提出我的建議和請求。慢慢發現，原來也並沒有甚麼需要我去指點的：反是園工二人、一正一副，手腳之純熟令我敬服，的確是行行出狀元。記得以前丈夫對付野藤的辦法，是用拔河方式，每年一拔，野藤自然不太多，每次一拔到筋疲力盡時工作也就大功告成，然後拍著胸膛，打賞自己一頓苦力級的大碗晚餐，不亦樂乎。只是此時已不同彼日，已經七年之久，藤蔓肆無忌憚為所欲為，如今張牙舞爪的掛滿一林一樹，我實在難以想像要從何下手。

不料墨西哥人自有辦法，行家用鋤不用手。兩個工人，短小精幹，先撥光了林地積葉，然後人手一鋤，密步亂鋤猛鋤，每鋤完了約一方碼園地，便用耙子把一節節的斷藤耙起成堆，以便最後放到貨車上運走。二人工作效率都極好，雖是嚴冬，不久就已汗光滿面。見我一副讚嘆模樣，會講幾句英文的工頭便說：

「這方法最好，可以除根。」

他說著，一面用腳踢開深藏地下的主根。

「看，」他說。

「粗得像蛇！這樣清理一次，鋪上松針，應當可以維持兩年，不致回生得那麼快。」

換言之，回生是必然的！我這才領會，原來根深柢固是這個意思，鋤頭鋤不盡春風吹又生，一勞永逸原來是妄想。肢體感應，我頓覺疲憊之至，不禁嘆息，亞當亞當，你實在對不起你的後代啊！必朽的人，有生一日便得無休無止的搏鬥著不朽的荊棘。一地荊棘斷藤彷彿亦在地上哀告，同是伊甸園外淪落人，相鋤何太急？

墨西哥人直起腰來歇了一歇，抬眼望望那些已經掛入了林頂天邊的藤蔓。嚴冬禿樹上野藤獨青，顯得格外的喧天。

「地藤處理完畢，」墨西哥人說：

「最後我們可以爬到樹上去，把掛在上面的藤拉下來。」

我一看，我們那十多棵樹，粗粗細細，無不立地而頂天。

「使不得使不得，」我說：「掉下來怎麼辦？」

「不會的，」他說：

「還是不要，不要冒險，」我說。

「反正樹腳周圍的藤莖全部都已鋤斷了，樹上的掛藤，無根，必自枯萎，遲早都會自己掉下來的，不是嗎？」

一個早上我並沒有動多少手，不過將園中的杜鵑和矮叢東剪剪西修修，不時東走走西走走，跟墨西哥人東一句西一句，可是有端無端，半天下來也累得筋疲力倦。雖然園工才完成不到一半，料想做到黃昏入夜是必然，只是看樣子一切已上軌道，是也無需我再囉嗦些甚麼，便索性跟工人交待了工資，還我自由之身。無論如何，第一要事是先得回屋子裡歇息歇息，吃點甚麼撿回點元氣再說。

踏入家門時聽見電話在響，趨前拿起聽筒。

「哈囉，」我說。

「卡倫在找你，」是位好友，聲音急切。好友的號碼護理樓有存檔為不時之需。

「要你馬上打電話過去……」她說。

我一怔，無需聽下去，隨即感應。

達達馬蹄到此止步，背後同蹄不知何時已經下馬，旅伴不再，已被迎為歸人。

勒轉馬頭，急急重新起步。背後遠遠傳來一聲：

「記得鎖門……」

驀然回首，昨夜燈火闌珊處……珍重再見。

珍重？是不是太麻煩了一點。

再見，一定，下次絕不再爽約！

Touch 系列007

將夕陽載在杯中給我

——陳詠異鄉生死七記

作　　者：陳詠
編　　輯：馮眞理、許玉青
封面設計：黃聖文
版型設計：林朋

發 行 人：鄭超睿
出版發行：主流出版有限公司 Lordway Publishing Co. Ltd.
出 版 部：台北市南京東路五段123巷4弄24號2樓
發 行 部：新竹市中華路六段205巷73號
電　　話：(03) 537-8884
傳　　眞：(03) 537-1428
電子信箱：lord.way@msa.hinet.net
郵撥帳號：50027271
網　　址：http://mypaper.pchome.com.tw/news/lordway/

經　　銷：

紅螞蟻圖書有限公司
台北市內湖區舊宗路二段121巷28號4樓
電話：(02) 2795-3656　傳眞：(02) 2795-4100

以琳發展有限公司
地址：香港九龍灣啓祥道22號開達大廈7樓A室
電話：(852) 2838-6652　傳眞：(852) 2838-7970

美國福音證主協會
9600 Bellaire Blvd., Suite 111, Houston, TX 77036-4534, USA
Tel: (1) 713-778-1144　Fax: (1) 713-778-1180

加拿大神的郵差國際文宣批發協會
Tel: (604) 588-0306　Fax: (604) 588-0307

2012年7月　初版1刷
書號：L1202

ISBN：978-986-86399-7-3（平裝）
Printed in Taiwan

國家圖書館出版品預行編目資料

將夕陽載在杯中給我：陳詠異鄉生死七記 /
陳詠著. -- 初版. -- 台北市：主流, 2012.07
面：　公分. -- (Touch系列；7)

ISBN 978-986-86399-7-3（平裝）

855　　　　　　　　　　　101011865